Littérature d'Amérique

La Musique, exactement

De la même auteure

Livres :

Le Chant des poissons rouges, roman, Québec Amérique, automne 2003.

Arthur Buies, chevalier errant, prose, Éditions Nota Bene, printemps 2000.

États de manque, nouvelles, Trois, printemps 2000.

Les Mots pour séduire ou « Si vous dites quoi que ce soit maintenant, je le croirai », essai-fiction, Trois, automne 1997.

Fictions radiophoniques, chaîne culturelle de Radio-Canada :

Il existe vraiment une musique de la séparation, nouvelle, 1999.

Un journal au-dessus de sa tête, nouvelle, 1998.

Arthur Buies : chevalier errant, série de dix émissions, 1996.

Resquif, fragments, 1993.

Micheline Morisset

La Musique, exactement

roman

QUÉBEC AMÉRIQUE

Catalogage avant publication de Bibliothèque et Archives Canada

Morisset, Micheline
La Musique, exactement.
(Littérature d'Amérique)
ISBN 2-7644-0458-1
I. Titre. II. Collection : Collection Littérature d'Amérique.
PS8576.O688D57 2006 C843'.54 C2005-942076-6
PS9576.O688D57 2006

Conseil des Arts du Canada Canada Council for the Arts

Nous reconnaissons l'aide financière du gouvernement du Canada par l'entremise du Programme d'aide au développement de l'industrie de l'édition (PADIÉ) pour nos activités d'édition.

Gouvernement du Québec – Programme de crédit d'impôt pour l'édition de livres – Gestion SODEC.

Les Éditions Québec Amérique bénéficient du programme de subvention globale du Conseil des Arts du Canada. Elles tiennent également à remercier la SODEC pour son appui financier.

L'auteure tient à remercier le Conseil des arts du Québec pour son soutien à la création.

Québec Amérique
329, rue de la Commune Ouest, 3e étage
Montréal (Québec) Canada H2Y 2E1
Téléphone : (514) 499-3000, télécopieur : (514) 499-3010

Dépôt légal : 1er trimestre 2006
Bibliothèque nationale du Québec
Bibliothèque nationale du Canada

Mise en pages : André Vallée – Atelier typo Jane
Révision linguistique : Diane Martin, Liliane Michaud

www.quebec-amerique.com
Imprimé au Canada

À Josée-Gabrielle Gagnon,
Il y avait des milliers d'étoiles dans tes aveux.

La beauté demande des douleurs, d'infaillibles douleurs
pour que cela soit exactement la musique.

Élise Turcotte
La terre est ici

Prologue

Vieillir, on n'y pense pas, pas tout le temps, c'est une idée qui traverse l'esprit un moment puis passe, jusqu'au matin où en se réveillant on réalise qu'on n'est plus très jeune. Étendue sur le lit dans l'étroite chambre de son enfance, on fixe un point sur le mur comme si pouvait se concentrer là la somme des souvenirs et des émotions qui soudain se manifestent. Mais devant ce stratagème inutile, on bat en retraite, on revient au bruit dans la maison, aux pas vacillants d'une mère qui tente de se préparer un café dans la cuisine. On grimace, on sait à quel point il lui en coûte d'efforts, à quel point on devrait déjà être debout en train de l'aider. On aimerait tirer les draps contre soi, demeurer dans la chaleur de son propre corps comme au temps de l'adolescence, mais les années en s'additionnant ont balayé cette légèreté première. On prête l'oreille, sans le montrer on s'inquiète de tout, du choc d'une cuillère contre un pot de sucre, du silence qui suit et qui étrangement, pense-t-on, laisse dans l'air une vague blancheur. On se lève, on enfile un peignoir, on prend deux secondes pour remarquer qu'il est trop étroit, qu'il moule bêtement les hanches. Le temps nous vole une multitude de choses. Impossible d'y échapper.

On ouvre la porte de la chambre; dans un fauteuil devenu trop vaste, une mère vous regarde. Votre mère, c'est deux grands yeux qui vous appellent, ils ont faim, ils questionnent, vous placent devant vos mains vides et insignifiantes.

À l'autre bout, dans un coin du salon, vous apercevez, étalé par terre, un lot de journaux abandonnés la veille, milliers de petits paquets à venir que tout à l'heure vous ficellerez, acharnée, pour déposer un rai de lumière parmi les désastres annoncés. C'est votre façon de respirer parce que la vie vous a laissée sans réponse. De fait, l'existence se montre ainsi, sans solution. Rien ne nous est promis. La fin est une vieille histoire connue.

J'avais cinq ans, je me souviens, certains jours, je remplissais de vêtements une petite valise fleurie, je claquais la porte et fonçais dans la rue jusqu'à l'intersection, pas très loin en fait, puis j'attendais. Accroupie sur la valise, tas de vêtements froissés, j'attendais un père qui sécherait mes larmes et comprendrait. Mais papa, de retour du travail, ne comprenait pas. Comment aurait-il pu savoir ? Aussi me ramenait-il en souriant à la maison.

Je marchais à ses côtés, je lui allais à la taille, au cœur aussi, peut-être. Nous retournions chez nous. Ma vie, alors, continuait avec son éternelle soif et cet étrange goût d'impasse. L'âme à plat, je tentais de me construire un nid. Dans ma chambre, je m'agenouillais par terre, tapie dans la redoutable perfection de ma solitude. Mes catins de coton et mon clown borgne me lorgnaient, essayant d'envisager, je suppose, le moment où je leur fausserais encore une fois compagnie.

La bouche pleine de silence gris, je fixais la fenêtre. Un jet moiré perçait les tentures, endiguait mes incertitudes de gamines. Enfin, je m'apaisais. C'était bon, cet intervalle à l'abri de la gravité, on aurait cru qu'une durable rotation du monde était en train de se produire, un mouvement fragile pourtant perceptible. Voilà du moins ce que j'imaginais à cinq ans, mais têtues les minutes reprenaient leur cours et la pièce se retrouvait infailliblement jetée dans l'ombre au même instant que l'enfance. Il suffisait d'un bruit qui traversait la cour ou d'une exclamation au centre de la cuisine pour que reviennent les choses perdues.

Les bambins ont besoin de bras pour première demeure. Le reste leur importe peu, parce qu'ils ne savent pas encore calculer. Aussi, en ce qui regarde mon père, j'ai préféré le plus clair du temps n'additionner que les jours où nous avons été complices. Je me revois les cheveux ébouriffés, il doit être midi, je me promène, ma main frêle au creux de la sienne. Nous flânons comme deux êtres qui s'aiment et ne soupçonnent rien de l'obscur. Je porte une robe à pois bleus, c'est l'été, une odeur saline flotte sans effort dans l'air, les dahlias dansent sur leur tige, les épouvantails dans les jardins. Bientôt le soleil s'effilochera, crèvera derrière le fleuve. Il fera pluie, demain. Plus tard.

Comment ne pas le redouter ? Une libellule s'est déchiqueté les ailes contre la baie vitrée ce matin, je l'ai vue s'effondrer sur l'herbe parmi trèfle et ronces. Destinée à prendre racine dans la poussière. J'ai cinq ans, je roule le mot « mort » dans mon cerveau, déjà je mesure l'infortune de tout charme. Je marche dans la rue, ma main au creux de celle de mon père. C'est l'été. Un peu de sel. Un peu de vent. Beaucoup de vent.

Tout passe. Tôt ou tard la mémoire s'embue, il viendra un jour où j'oublierai la douceur du regard de papa, la couleur de sa voix, ses doigts noués aux miens, pour retourner au froid sur les épaules, à l'automne fané, à la cendre. Toujours les images se mêlent. Les formes s'éclipsent, se noient dans la confusion des odeurs et des impressions.

Ce qu'il faudrait inventer pour ne rien perdre de l'émoi du premier amour, de ce dessaisissement !

adossée qui, en silence, interroge la couleur du ciel. La brume tout près des passants frémit sur le rivage, se mêle au sel, supprime à l'instant, pour qui cherche un repère dans le sable, le passage des pas. Des effluves mouillés m'habitent, seconde peau.

Troublantes, ces années qui déboulent les unes sur les autres avec leur ration de tapage et d'énigmes, qui sitôt désaccordent et mon corps et mon âme.

Me voici sur la grève à l'exact endroit où je me trouvais enfant. Mes mains furètent dans le sable, tracent des sillons à travers les cailloux et la vase. Je remonte un à un les paliers de mon histoire, ossements du passé. Des scènes d'un autre temps, soudaines et souveraines, m'attrapent, puis par la moindre fissure s'égarent, réapparaissent, chavirent. Souvenirs mal étouffés. Sur mon visage le vent s'immobilise, c'est un filet d'air qui me distrait avant que la rumeur en marche des goélands ne rétrécisse l'espace. Je lance un galet qui dessine un rond, qui dessine des ondes... L'écho de ces bonds dans l'eau du fleuve.

J'ai six ans, peut-être sept, il y a le chien Carabine, il s'ébroue à mes côtés. (Il y avait souvent le chien Carabine qui accourait à deux pas de moi et reniflait. Étrangement, ces bêtes flairent les enfants solitaires et les êtres d'exception, il faut les voir adopter la boulotte de la classe ou le gamin du coin, celui, trop sensible, qui ne deviendra jamais comme les autres.) Demain, c'est écrit sur la roue des planètes, il m'escortera chez madame Brisebois, la veuve pour qui maman confectionne quantité de galettes. D'habitude, j'y vais en arpentant le chemin des Échoueries – je n'ai guère le choix des chemins, j'aime m'y rendre, revenir à la maison me semble plus triste; je n'ai plus rien à donner.

Madame Brisebois est belle et grosse, elle a les joues et les lèvres rouges, le nez retroussé avec le rire qui sonne doux. Elle me plaît beaucoup. Elle aussi paraît s'ennuyer, je le lis dans ses yeux ; c'est le regard qui d'habitude dévoile ce genre d'impression. Autre signe, madame Brisebois porte une perruque, évidente même pour une fillette. Autant de cheveux roux autour du crâne, c'est pas humain ! Ce n'est pas laid, plutôt démesuré, et l'excès, c'est louche. Ça dépasse ma compréhension enfantine, toutefois je sens que ça traduit un manque quelque part. Et en plus cette femme adore les fleurs ! Il n'y a qu'à jeter un œil sur la cour, les coloris, la touffeur des arrangements entre les herbes dures et les graminées, les vases, dans la cuisine, emplis de marguerites, la tapisserie fleurie du salon qui désarçonne, étourdit quand on la fixe, les coussins, son tablier au motif de tulipes et fort probablement une foule d'autres objets auxquels je n'ai pas accès ! Ma conviction : plus les gens se sentent esseulés, plus ils préfèrent supposer que les plantes garantissent le bonheur.

Même constat pour les coquillages, j'en glissais dans mes poches chaque fois que je me distrayais sur la plage, avec obstination je recherchais le spécimen qui s'arracherait au voisinage banal du gravier, des coques cassées et des mégots perdus. Je portais à l'oreille la moindre coquille, convaincue qu'elle allait me révéler tout ce qu'il fallait pour me tenir à hauteur de vie. Une fois à la maison, je les peignais ; au grand dam de maman, elles s'accumulaient, grains de sable, nacre et poussière sur le rebord de ma fenêtre. Je passais de longues minutes à les contempler... ce pouvoir toujours de chasser la solitude. Les trésors des enfants sont des petits riens, ils tiennent dans la main, ils ne font pas de bruit.

Enfance de sable. Mes années dans ce pays d'eau puissante qui moutonnait, frissonnait en laissant un crachat d'écume blanche le long des rochers. Que d'heures, l'ennui au cou, à manger l'horizon, à attendre un bateau, à attendre papa, à quêter une réponse sur le flanc râpeux des cailloux! Insolite manière, alors que j'y repense, de vivre ses premiers printemps. Bien trop de temps pour évoquer le pire.

À l'époque, il m'arrivait de me demander comment réagirait mon père si je disparaissais, si un soir je me décidais à traverser le fleuve, comme ça dans l'obscurité. Romantique, j'estimais mal que toute la passion d'un homme qui séduit avec sa voix s'évanouit avec la fin de son chant. Les hommes qui, de ville en ville, éblouissent sur les scènes se soucient peu du murmure d'une enfant en train de se noyer dans sa tête. De toute façon, c'est silencieux une gamine qui émigre avec la marée saoulante et le vent du large. Et c'est loin un père qui chante ailleurs!

Et mon père chantait tellement fort! Vous dire la fierté de me sentir enterrée par cette voix!

Ses doigts enfonçaient les touches de notre piano. Mon cœur bondissait. Seulement cela comblait. Et je me prenais à croire que je pouvais pour le reste consentir à peu de choses.

J'allais devenir une fillette sans mots, j'avancerais avec, dans mes entrailles, tous mes secrets gardés au chaud. Me taire, ne rien révéler des pensées buissonnières, des questions banales, des étoiles qui s'éteignent, de la chute des feuilles, de l'inquiétude, de mon ventre creusé de crépuscule, de l'ineffable passage des saisons et de la neige, me taire, surtout ne rien traduire de la mère épuisée et de la tante névrosée à qui on louait une chambre du côté du fleuve.

Étranges femmes que ces deux-là qui complotaient ensemble et se détestaient tout à la fois, sinistres complices qui, tuant la grâce, ramenaient la gravité et la boue autour des joncs asséchés.

J'oubliais le père qui chantait. Chez nous, le murmure des femmes rongeait ma vie.

Pour tromper la peine, je sillonnais la grève. Je comptais les heures qu'il me faudrait pour parvenir de l'autre côté de la rive; le fleuve ne coulait nulle part. Acte de résistance. Je m'assoyais par terre, les yeux au ciel comme pour l'apprivoiser ou me nettoyer. Parfois un oiseau froissait le paysage, le raturait; bref mouvement d'ailes au-dessus d'une mer sans écho. J'écoutais ma respiration, j'avais sommeil, très souvent sommeil. Quand les désirs ne sont pas comblés, on ressent le besoin de dormir. Je dégageais de ma poche la pelote d'épingles de ma mère que j'y avais glissée. J'enfilais les épingles sur mes doigts, un très mince filet de peau sur chacune d'elles. Ni douleur ni sang. Qu'un délassement pour enfants réduits aux chimères, une façon de me sentir exister au plus tendre de moi, une ruse capable de défier les étés qui n'en finissaient plus, car j'habitais une demeure où régnaient l'ordre et la tristesse qui infailliblement vont de pair.

Nous avions nos places, nos répliques et habitudes, nos grands trous de deuil aussi et parfois quelques conduites, à première vue saugrenues, qui, répétées, modulaient pourtant nos semaines. Tous les matins, ma tante dégustait des biscuits au chocolat qu'elle retirait d'une boîte métallique dissimulée au même endroit que ses bigoudis bleu pastel. Des biscuits au chocolat destinés à remplacer le pain que ma mère, vaillante, boulangeait, pain insipide et trop sucré, selon les dires de madame. Ce commentaire, émaillé de froid, ballottait, sans réponse, entre les murs. J'aurais préféré pour ma mère et moi un autre lot, toutefois ma mère prisait les quelques dollars que lui procurait la location de la chambre, la chambre d'amis, comme il était coutumier de le dire à l'époque. Voilà pourquoi nous n'avons jamais eu d'amis; la chambre était déjà prise.

L'été, ma tante s'assoyait sur la véranda avec ses revues *Marie-Claire* qui parvenaient de la poste expressément pour elle. Je n'ai jamais vu ma mère les lire, convaincue, je présume, que ces pages européennes appartenaient à une élite, une caste qui sentait la lavande. De toute manière, ma tante prenait un soin jaloux de tout ce qui lui appartenait, comme si elle logeait chez des gens pleins de malice qui risquaient à la moindre occasion de lui ravir ses biens. Cette méfiance me trouait le corps. Néanmoins, il m'arrivait de m'accroupir à ses côtés, sanglée de retenue, sur la galerie. Mes pieds dans leurs sandales blanches ballottaient au-dessus du vide, pastiche des oiseaux de mer qui se berçaient sur les vagues. De ma tante, j'espérais un mot ; un ordre sans réplique tombait de ses lèvres pâles. Elle réclamait un verre d'eau, une tasse de thé, une boisson qui la désaltérerait. Ma mère, avec obligeance et précaution, me tendait sa plus jolie tasse, une tasse de fantaisie grenat festonnée d'or, une pure merveille reçue en cadeau de noce que je me hâtais d'offrir à ma tante, qui ne manifestait aucune gratitude. Dans ces occasions, l'idée de la fuite me reprenait.

Cliché noir et blanc dans mon cerveau. Gris en fait.

Les poids les plus lourds se soulèvent sans peine quand une dizaine de bras s'en emparent. Si j'avais eu un frère ou une sœur à qui raconter, ou un père pour partager la colossale responsabilité de rendre heureuse ma mère qui traînait devant moi une lente misère, lente misère accrochée, on eût juré, à ses hanches. Mais personne dans la maison ne se souciait de mon enfance, j'étais trop vieille pour cela. J'avais vite eu honte de ma jeunesse ; l'indécence rieuse qu'elle pouvait représenter pour ma mère. Lorsque maman, ancrée au ventre de la cuisine, soupirait, je basculais du côté sombre. Ma tante, c'était notre devoir à toutes deux, notre labeur obligé. Impératif que nous tenions de papa ; en guise d'excuse pour ses absences répétées, celui-ci avait cru bon de doter maman d'une compagne, et la sœur de papa, qui résidait à Montréal, souffrait de nombreuses allergies ; la brise saline de notre région lui porterait secours.

Comment oublier la toute première fois où j'ai vu descendre, au couchant du soleil, cette immense femme de la Chevrolet noire de papa ? Sa présence extrême. Juste à son nez, à la manière de le porter, j'avais imaginé la suite. D'un coup, la maison avait rétréci. L'air avait changé, une épaisseur poisseuse. Ma tante aspirait la lumière. Je n'ai senti que cela, le ciel pris d'assaut, l'obscur plaqué contre les fenêtres ou cimenté à mes yeux.

Et pourtant, j'aurais pu, ce premier jour, me laisser impressionner par son élégance, son somptueux costume marine et blanc. J'aurais dû ne remarquer que la couleur, le taffetas, le col claudine, la soie du foulard comme une voile dansante sur ses épaules, j'ai plutôt supposé que toutes ces parures allaient se décolorer, pire encore allaient jeter de la cendre sur le jardin, que tôt ou tard il ne resterait que des lambeaux, des brins de fil sans mystère agrippés à la clôture rouillée. C'est ainsi, le lustre est condamné à disparaître et même fillette on envisage l'inéluctable. Au fond, rien ne sert d'épiloguer, la sœur de papa, à son arrivée, m'avait tendu une main indifférente, j'avais trouvé suspect qu'une tante qui débarquait chez nous après tant d'années d'absence négligeât de m'embrasser. J'avais senti ses ongles s'enfoncer dans ma chair. Nous venions d'hériter d'un fardeau. J'aurais, à partir de là, faim de beauté et d'escapades.

Dès le premier jour, on lui offrit la chambre saumon, celle avec deux fenêtres. Elle aurait pu laisser s'infiltrer l'air, qui ravitaille les poumons, qui nourrit l'âme, elle fit plutôt de la chambre d'amis un tombeau. Du dehors, il m'arrivait de jeter un œil par les carreaux à la recherche d'un signe, d'un je ne sais trop quoi, un secret à percer, une brèche dans la forteresse, mais, en somme, il n'y avait rien à voir, sinon des tentures ramenées frileusement sur le rangement maniaque des choses.

Je ne saisissais pas bien cette femme hautaine, capricieuse, qui avec des intonations étrangères dénigrait ce qui nous appartenait sans manifester aucune volonté de nous quitter. Elle détestait la nourriture que maman lui préparait, la jugeait rustique, poussait, sur le bord de son assiette, avec de petits gestes secs, les bouquets de persil que ma mère avait déposés pour faire plus raffiné, pensant ainsi contenter sa belle-sœur qui relatait dans le détail ses mondanités chez les dames nanties. C'était comme si, sur-le-champ, notre famille était devenue pauvre, pauvre et ignare. L'arrivée de cette tante creusait un gouffre entre la ville et la campagne, entre tous les possibles de la métropole et la sobriété acquise du seul fait de vivre en présence du mouvement de la marée. Écart inconciliable. Pourtant, quand j'y songe, la vie de ma tante n'avait rien d'enviable. Nous pliions sous les démonstrations méprisantes de cette femme. J'en voulais à ma mère de ne rien connaître, en réalité la culture manquait de modestie et ma mère feignait l'ignorance, j'avais honte, je ne devinais pas que le génie de ma tante était de nous illusionner. Des pierres au fond du cœur, nous courbions l'échine. Deux phrases de ma tante, avec les *r* savamment roulés, et l'horizon s'effaçait. On peut colorer la vie avec les mots, réconforter, inventer, on peut berner aussi, ou plus tristement on peut les avaler ; une fois mêlés à la salive, les mots forent des trous noirs dans les os. Conséquence, plus silencieux est l'homme, plus troué il devient. Et la poussière s'accumule. Une fois les années passées, il faut inventer une méthode pour abandonner ces débris au fond du fleuve, cela est tuant.

Devant la mer qui valse, je laisse à mon regard beaucoup de temps. Cette après-midi, j'observe ma mère, assise sur la véranda, elle tricote un foulard, l'œil embué comme si le froid et la peine allaient ensemble. De là où je suis, sa douleur ne me touche pas; détachée de ma peau depuis des années. La nuque renversée, mes yeux suspendus au vol des goélands, tout se morcelle. Demeurent dans la pensée des parfums, quelques infortunes, quelques lointains fossiles, deux ou trois notes, la musique du père. Son rythme.

Mon père, c'était la beauté qui venait, allait, revenait. Une voix pour retrouver mon chemin. Mon père m'inspirait. J'ai appris par lui l'amour.

Une couleur différente, ce qui fait qu'un matin on se réveille en bonheur. On ne peut pas nommer, dire voilà c'est ça, on ne peut que ressentir. C'est un mystère. C'est disparaître de l'âge, de la fatigue pour s'envelopper d'une quiétude aveugle et croire aux plages qui distribuent sans compter paillettes et diamants. C'est oublier les revers, le froid insidieux et tout ce qui menace de s'effondrer, pour s'amouracher des nuages tatoués d'animaux, des contingents de fées dans les chambres, des cadeaux dissimulés dans les valises paternelles. On se lève un matin, les parcs sont des mains tendues à l'horizon. Des odeurs vertes sertissent l'air, quelque chose murmure, le sang peut-être, le sang mêlé au désir, tous deux condamnés au printemps. Visage offert à la brise, à l'abri des lois du ciel, on presse le pas, pour peu on sifflerait à la manière de ceux qui n'ont jamais manqué de pain. Dans la plus totale légèreté, on sourit tandis que dans la bouche un goût de miel et de folies douces se mêle à la salive. Un grain de sable désigne le chemin. En soi, toutes les explications avortent, ces précisions à propos de l'aube ou des pierres qui roulent. On s'étonne simplement de s'être vêtu comme pour une fête.

Lorsque mon père revenait de la ville, je jubilais, je pouvais enfin dormir au doux de mes rêves, j'oubliais qu'un jour la musique n'aurait plus de portée et qu'en amour on tombe toujours.

Nous n'y échappions pas, mon père repartait. Je ne comprenais jamais pourquoi. J'avais beau me montrer gentille, il me quittait. Je le revois sur le pas de la porte, papa avait du chic. Je réalise combien la mode, même à cette époque, lui importait, sans doute y voyait-il une façon de s'arracher à l'imperfection de nos corps. Mais la fillette que j'étais n'a retenu de ces épisodes que le chagrin du départ. Cette torpeur, un châtiment qui entrait dans la maison en même temps que la fin du jour. Pour me consoler, j'idolâtrais les objets qu'il rapportait dans ses bagages : un buste en plâtre de Wagner, un porte-clefs à l'effigie des villes visitées, un sac de bonbons. Des petits riens – baleines aux yeux émeraude pourtant – qui me permettraient de tenir jusqu'au prochain rendez-vous. Durant son absence, je réfléchissais à tout ce que je lui confierais, j'accumulais un tas d'anecdotes : un pêcheur maugréant sur le quai, le sourire vitreux d'une morue ventrue, la mer qui mange les bateaux, une coccinelle chavirée sur un pissenlit, une écharde à mon doigt, un soulier abandonné le long de la route, je réfléchissais à toutes ces histoires que je décocherais dans sa direction à l'instant où il apparaîtrait sur le maigre sentier caillouteux. Ainsi me trouvait-il, impatiente et tremblante, quand il surgissait, quand il gagnait le bas de la cour, à l'ombre des peupliers où je m'installais pour être certaine de ne rien manquer de son arrivée, pour être la première, là sur le sentier de gravier, à entendre au sortir de sa voiture ses pas, puis son rire, puis sa voix. Ainsi me trouvait-il. Lorsqu'il surgissait, mon cœur était si fébrile que mes mots se mélangeaient dans ma bouche et ceux de ma tante anéantissaient mon souffle.

On aurait cru qu'elle s'était octroyé la mission de livrer le bilan de la semaine. Elle jacassait, jacassait avec des mots pleins de *r*. Comment une fillette, après récit si bien ourdi, aurait-elle eu voix au chapitre ? J'ai appris très jeune que l'enfance est une traversée silencieuse qui, si elle ne dure pas, néanmoins laisse des traces.

J'observais notre maison, la vie avec un peu de sa part fauve reprenait sa place dès le retour de papa. Entre nous, les choses avaient soudain le goût du neuf. L'excitation, les conversations, la seule stature de mon père permettait de consolider toutes les planches de la maison qui sans lui m'apparaissaient si périssables. Il nous conférait une existence fulgurante, nous nous remettions à croire. Ce dépôt de lumière blonde sur les paupières de maman, cette manière toute tendre soudain qu'elle avait de jeter un œil sur moi, sur le fleuve. Et cette robe bleue. Lorsque papa revenait de ses escapades montréalaises, elle portait sa robe bleu pâle – toujours la même ; papa aimait cette robe qui donnait des airs de gamine à sa femme. La scène demeure intacte, ma mère se désintéressait de ses tâches ménagères, s'assoyait quelques minutes dans le fauteuil berçant de la cuisine, tirait sur les plis de sa robe avant de joindre ses deux mains sur ses genoux pour, le regard perdu dans le lointain brumeux des yeux de mon père, écouter le récit de cet homme qui rentrait triomphant. Quel sourire que celui de papa ! On peut aimer un homme uniquement pour son sourire, pour l'abandon qu'il suscite. Ainsi papa nous trouvait-il à son retour, admiratifs, suspendus. Même sa gribiche de sœur s'assouplissait, rangeant ses remarques perfides et sa suspicion. Toutes les pendules paraissaient d'un coup remises à zéro.

Avec une voix qui prenait volontiers quelques inflexions dramatiques, papa racontait ses périples, la route sinueuse, la pluie, la bruine voletante, l'horizon dulcifié, rougeâtre, il parlait de Québec, d'un certain château terriblement exotique à mes yeux, de Montréal, des salles remplies à craquer, de l'enthousiasme des spectateurs, des exigences de son impresario qu'il baptisait son coach, un Italien extravagant qu'il nous avait présenté et dont la moustache disproportionnée avait retenu mon attention. J'adorais ces sagas, les mots transfigurés par le feu, cet univers joyeux qui claquait dans le vent. Je me statufiais. Quels secrets allait-il nous livrer? Je guettais ses premières paroles, ses moindres intonations. Certains jours, je m'assoyais au pied de papa, il me prenait sur ses genoux. Maman prévenait : « Ne fatigue pas ton père », tandis que ma tante, qui détestait toutes formes de débordement, si modestes parussent-ils, opinait de la tête. Et quelque chose s'éternisait là dans ma gorge ou dans mon cœur. La peine peut-être. L'amour.

Quand il s'agissait de mon éducation, ma tante et ma mère se ralliaient. Cet accord, aussi surprenant que passager, atteignait son apogée à l'heure de mes leçons de piano. Par le passé, ma tante avait offert, à Montréal, des cours de piano à d'autres petites imbéciles, persiflait-elle, des donzelles qui, comme moi, démontraient certaines dispositions, mais également beaucoup de mauvaise volonté. En l'occurrence, il fallait dompter mon manque de rigueur et mes étourderies. Je répétais donc, jusqu'à la lassitude, gammes et arpèges. Obsédée par une fidélité littérale au texte, je dactylographiais les mêmes extraits de sonatines pour parvenir à ce son mat, sans vie, sans soulèvement, sans l'ultime petit accroc où baîllent la blessure, la beauté. Endiguer les eaux, leur tumulte possible, tarir la rivière, placer les mains du côté lisse, voilà ce à quoi s'acharnait ma tante. J'ai bien failli y laisser ma peau; ne pas pouvoir marcher librement, me résigner, être à jamais cette fillette docile, incapable de révolte, qui cache dans ses os sa rage et ses cris. Toutefois l'enfance, même passagère, est sauvage. Elle gagne sur l'image qu'on a de la sagesse, sur l'idée de mourir. Et, concédons-le, ma tante a cessé de m'impressionner le jour où j'ai vu se défaire son chignon, cette terrible montagne de cheveux noirs que je présupposais rivée pour l'éternité au sommet de son crâne.

Je pratiquais avec résolution un arpège, ma tante soupirait, lasse avant même que j'aie fini de m'exécuter. Malgré tous les efforts conjugués, je trébuchais, pire encore, plus je m'efforçais de plaire à ma tante et à ma mère – qui de la cuisine se raclait la gorge à chacune de mes incorrections –, plus j'écorchais les notes. À mes côtés, je sentais le corps de mon bourreau se raidir, mûr pour se lancer, toutes griffes dehors, vers la bête ennemie que je présumais être. La sueur brillait sur ses tempes. M'exécuter de brillante façon s'imposait !

Elle s'était levée, avait réglé la massette du métronome à une autre vitesse.

Tic-tac, tic-tac, son bruit cassant pénétrait en moi, s'incrustait dans ma chair, tandis que les doigts secs de ma tante tambourinaient sur ma clavicule. Tic-tac.

Cependant rien n'y faisait, chaque touche enfoncée confirmait mon inaptitude. Peut-être les doigts de ma tante allaient-ils transpercer ma peau. J'entendais sa respiration. Trop courte pour ne pas être menaçante.

Exaspérée, elle s'est assise de nouveau, après avoir engouffré, curieusement sans la moindre distinction, comme en proie à un malaise, deux biscuits au chocolat sortis d'une boîte métallique qu'à l'heure de mes pratiques elle déposait sur la caisse du piano. Ce n'était pas le moment d'être idiote. Je scrutais mes mains, les suppliais de s'assouplir. Dans la cuisine, ma mère s'affairait. Le tintement des cuillères d'acier contre les casseroles, leur cadence me gagnait. Et flic et flac, et flic. Le bruit rêche du labeur. L'aigreur. Et tic et tac et tic. Et tac. C'est terrible la colère qu'à nous trois nous dispersions entre les murs !

La colère, comme la fatigue, circule d'un corps à l'autre.

Je me souviens de l'absence de salive dans ma bouche, de l'envie de déchirer mes partitions.

Les genoux qui tremblent. La rage. La peur. La rage. L'impression d'être capturée. Le besoin d'être aimé. L'amour. La peur. L'amour et la peur qui allaient, dès ce jeune âge, former en moi un étrange alliage.

Le royaume des enfants devrait être ailleurs, ailleurs que dans ces heures froides. Mais tant d'adultes s'acharnent, dévorés par la crainte de voir des jeunes saisir le bonheur avant eux.

Ma tante s'était mise à gesticuler, ses bras battaient à tout rompre, pareils à ceux des pantins qui se désarticulent, ils fendaient l'air, dictaient la cadence, signalaient comment la mélodie devait être jouée, comment... À leur fièvre et à leur emportement, je comprenais que je ne serais jamais à la hauteur, qu'à perpétuité je resterais cette jeune imbécile inculte et bâtarde ; aussi réclamais-je l'indulgence et la fin des efforts inutiles ; malgré cela, l'ire de ma tante envahissait les lieux. Le déroulement des choses, entre ma tante et moi, avait déjà un goût de poussière, j'en connaissais chacune des étapes, j'allais devoir me montrer discrète, transformer mes mots en ombres chinoises.

Toutefois, il arrive qu'un geste en apparence anodin bouleverse le cours des évènements, il n'empêche rien du trouble ni de sa pesanteur, mais distrait pour un temps. Dans sa furie, ma tante, histoire de désigner le rythme exact, s'était relevée et tic et tic et tac et tic et tac sur le piano et comprends-tu et comprends-tu. Ses yeux flamboyaient. Le noir hurlait dans ses pupilles. Et sa tête se balançait. J'entends encore son souffle. Elle haletait, vociférait, de sa voix acide répétait de quelle manière une élève le moindrement brillante aurait dû interpréter ; pas de chance, mes doigts furetaient sans trouver, pendant que ma tante grinçante et impatiente trépignait. Son corps, sa tête se balançaient, sa chevelure peu à peu se dénouait, doucement s'échappait des peignes, doucement. Et sa tête se balançait. Une à une les pinces tombaient. Des aiguilles de pin sous l'arbre qui agonise.

Ainsi ses cheveux déliés s'abandonnèrent-ils, chatoyants le long de son dos, rebelles et fous sur son impeccable veston gris.

Du coup ma tante perdit dix pouces.

Et du coup j'en gagnai tout autant.

L'enfance tient à peu de chose. Le tremblement d'une herbe folle peut l'achever.

J'avais neuf ans, je venais de découvrir une réalité capitale : le corps est une machine tellement vulnérable que les adultes ont inventé la mascarade et le mensonge pour tenter de l'oublier. J'allais, dès lors, me tenir aux aguets, me montrer sensible à tous les subterfuges.

Ce jour-là, la leçon de piano se termina sans autres démonstrations. Je pus me consacrer aux sons qui retentissaient dans la cuisine. Maman rendait toujours son travail très audible, depuis le café du matin jusqu'à l'ennui du soir. Elle savait noircir le trait, sans prendre jamais la précaution de me dissimuler ses détresses, comme si la qualité du lien mère-fille se mesurait à sa facilité de tout révéler, au besoin qu'elle avait de se confier. Elle pouvait respirer, j'écouterais tout ; j'étais sa fille. Cela forait un chemin au plus tendre de moi ; je vivais dans un nid de vase, un terreau moite qui me glaçait. Les premières années, on ne s'en rend pas compte, la douleur engourdit la douleur. Puis, un jour, ça implose. Ou plutôt une nuit. C'est la nuit que ce genre de malaise vous prend quand toute votre énergie d'enfant est mise à aimer votre mère. Et je l'aimais. Une question de sang et de songe.

Ce n'était pas commode, mais je l'aimais. Et pour deux en plus. Si papa avait été là davantage. Mon père : nous avions à peine le temps de l'apercevoir et de nous sentir apaisés qu'il disparaissait encore. Une comète dans le ciel. Il argumentait : « Nous avons tous une route à suivre. » Je regrettais que sa destinée l'emmène si loin et qu'il nous laisse là, humeurs molles au milieu des blés de mer et des faits ordinaires.

Maman le déplorait aussi, jamais en présence de ma tante, toujours devant moi qui devais avoir la capacité de guérir ce chagrin. J'ignorais quoi répondre; prise de frayeur à l'idée qu'elle s'épuisât, je m'activais avec elle aux tâches que de toute évidence elle jugeait désagréables, celles auxquelles elle s'adonnait avec plus de tapage. J'ai ainsi appris à astiquer l'argenterie – héritage familial – et j'ai développé l'art de la conservation. Maman mettait en pot des milliers de cornichons. Je conserve en mémoire l'odeur acide des jeudis soirs de septembre et sa petite douleur intraduisible.

Heureusement, il y avait la plage et Carabine, sa présence auprès de moi, son haleine réconfortante et les galettes à porter chez la veuve Brisebois, où plus je vieillissais, plus je m'attardais. Souvent, au retour, je m'étendais sur la grève, abandonnais mon âme et ses préoccupations dans le sable humide, je devenais disparition, absorbée par le clapotis des vagues, capable, en cet instant de trêve, de me sentir très loin de la maison et de l'asthénie de ses murs. Le vent dissipait mes soucis, peut-être aussi mes restes d'innocence, le sable coulait entre mes doigts, je cessais de bouger, craignant qu'un seul de mes gestes ne vienne ravir mon bonheur. Je supputais qu'une fois à la maison, une rouille définitive me rongerait le cœur. Plus qu'un pas à exécuter et le visage de ma tante, tel un oiseau de proie, avalerait de nouveau le jour ! Car il existe des visages voraces. J'ai compris cette malédiction dès les premiers instants où ma tante est débarquée chez nous. Juste à regarder ma mère. Ma tante causait et il s'échappait quelque chose de maman, elle perdait des étoiles, oui, j'estime que c'est ça, elle perdait ses étoiles et ma tante les dévorait, assassinant d'un même coup la lumière. Le destin ce jour-là a fait main basse sur nos vies, sur mon regard.

Le soir venu, seule dans ma chambre, j'ai mesuré l'immensité, cette profondeur sous mon lit au même endroit que l'inquiétude. Recroquevillée – petite chienne sous la couverture de laine rayée –, j'ai tu jusqu'à mon souffle, j'entrevoyais que cette femme-là ravagerait notre existence. Maman était pourtant venue me border, mais ses mots m'avaient semblé languissants, ce n'était plus une parole d'eau cristalline, plutôt des mots de fin d'été. Démunie, je cherchais aux alentours quelque chose qui jetterait un sort à celle qui s'introduisait dans notre maison. Devant mes mains vides, le désarroi me gagnait, pire encore, en raison d'impitoyables lois, je pressentais que je ne saurais, tout le reste de ma vie, m'apaiser de rien. Même à six ans, on peut flairer que les contes merveilleux, les plaisirs qui font battre le cœur, pur alcool et citron, ne tiennent pas la route ; il manquait déjà un œil à mon clown en plastique.

Je pensais à papa si souvent, tout ce que je taisais le suppliait de demeurer parmi nous. En fait, j'appréhendais qu'il ne demeurât au bout du monde, qu'il ne voulût plus se soucier de moi, j'imaginais toute mon existence future aux mains de cette tante acariâtre. Le seul passage de mon prénom dans son gosier me pétrifiait. Je pourrais encore imiter le bruit de ses talons qui mitraillaient le plancher. Le martèlement de ses pas, leur foulée minait tout l'espace ! Je me hissais sur le bout des orteils, la tête clouée aux épaules, dressée derrière la porte de ma chambre, j'attendais ce fatidique moment où toute-puissante elle prononcerait les deux syllabes de mon petit nom, Luce.

Luce. La force qu'il me fallait pour demeurer emmurée dans mon abri, à écouter! Je ne respirais plus, je comptais les pas, ses pas qui la rapprochaient de moi. Une éternité! *Luce!* Comme un pus instillé en moi, dans mon oreille, dans mes veines, qui corrompait le peu d'enfance qui me restait. *Luce!* Quatre minuscules lettres qui sonnaient l'alarme. J'allais m'astreindre aux études de Czerny. *Allegretto vivace.* Et, un deux, trois, quatre, et un, deux trois, quatre et tiens-toi droite et plus vite et plus vite et. Quatre minuscules lettres et je reporterais mes rares divertissements pour redevenir l'élève modèle, soumises aux consignes d'une despote aux caprices arbitraires et absolus pour qui je n'éprouvais que rancœur. Des yeux, je cherchais un ourson à égorger, un paquet de fibres cotonneuses qui agoniseraient sans se débattre. Derrière la porte close, tout emmêlée dans ma colère et mes appréhensions, je m'appliquais à exécuter mes plus brillantes grimaces. Et pourtant j'obéirais. Entendre et obéir. Abdiquer devant cette machine en marche, devant cette mort promise. Après tout, n'était-elle pas la sœur de papa? Et moi, bête domestiquée, je n'avais jamais appris à décevoir ceux que j'aimais. S'il fallait que ma tante raconte à mon père la fillette qui n'obéissait pas, qui disparaissait aussi vite que l'éclair une fois qu'on la réclamait!

Ainsi été comme hiver, l'enfant que j'étais apportait à la congrégation des Filles de Jésus de curieux losanges de dentelle beige savamment ourdis que ma tante confectionnait avec un zèle hors du commun. Des losanges de dentelle beige sur lesquels les religieuses veillaient à coller des images saintes qu'elles distribuaient aux élèves les plus méritantes. Et Luce, pas trop bête, avait eu l'idée de sauvegarder quelques spécimens qu'elle apposait sur les images qu'elle recevait, des images de fille pas trop bête, mais pas totalement matée et parfaite. Une récompense.

Luce méritait cette récompense, l'hiver, ce n'était pas aisé de se rendre au couvent; les tempêtes, la pente glissante à souhait, la neige qui balafrait la figure, et l'été avec son invariable rencontre des frères Paquet, les jumeaux railleurs qui se moquaient d'elle et de ses bottes en vinyle rouge que sa mère lui collait aux pieds, peu importait la température. Elle les détestait, les jumeaux comme les bottes, elle trouvait bien quelques répliques à administrer aux deux bessons, mais la peau et l'âme demeuraient écorchées. Elle n'avait pas encore l'âge où l'on parvient à afficher avec conviction ce qu'on est. Et Luce n'était pas tout à fait comme les autres, on n'est jamais comme les autres, mais enfin. Disons que le papa-chanteur était connu. Tout le village s'était un jour ou l'autre extasié devant la beauté et la puissance de cette voix et tout le monde savait qu'il tentait de gagner sa vie à Montréal et tout le monde connaissait son honnête mère et cette tante mystérieuse, froide, au regard furibond, qui ne parlait à personne sinon au curé et aux religieuses. Et puis, elle était fille unique, la Luce! On l'apercevait souvent au village, les jambes serpentées de coulées terreuses, se promener sur la grève en compagnie du chien des Pelletier. Il s'y trouvait chaque fois quelqu'un pour la saluer, mais pour fort probablement se demander aussi comment diable on pouvait faire un enfant (et un seul d'ailleurs) à une dame et s'en aller loin comme ça seulement pour chanter. Parce que chanter, ce n'était pas sérieux. On ne gagne pas sa vie en psalmodiant quelques notes, on peut bien prendre un verre les soirs de fête et s'extraire quelques couplets du gosier, néanmoins on ne choisit pas la scène et la métropole à l'époque où le fleuve est peuplé de poissons et la forêt d'arbres. Ce n'était pas normal, et dans le village, on ne prisait guère ce qui n'était pas normal. Cela se percevait. Aussi la jeune Luce devait-elle affronter sans faiblir les gens de la place même si, par convenance, ces villageois saluaient d'un coup de tête Luce et sa mère et la tante et le père, bien sûr.

C'était une petite vie de village comme il en existait des centaines, une vie un peu ancienne et austère, rien de spécial, du calme apparent, quelques dangers si peu menaçants qu'on oublie de s'en étonner, deux trois ragots qu'on larguerait après usage. Quelques traces d'air. Un détail contre le paysage pour suspendre le regard. Rien de spécial. Pourtant, ça donnait à créer.

Les enfants pressentent que certaines mésaventures risquent de durer mille et une nuits, les enfants rétorquent armés de leurs jeux. Avec un peu de terre entre les doigts, avec la poésie, ils anéantissent la famine, les fantômes, l'odeur pesante du chaos pour glisser sur l'eau vive et encoller un sourire aux journées. Une minuscule fin du monde. Dans sa chambre-forteresse, Luce imaginait un vaisseau, un bateau ivre et sauvage qui la ravirait. En mer pour une belle partance ! À son bord, une ribambelle de gamins, des sœurs, des frères, tirés par des cerfs-volants, riaient à se défoncer la gorge. Sous une montagne d'ouates imaginaire, Luce attendait un vaisseau pavoisé de couleurs, un bateau ivre et sauvage qui l'emporterait au loin à jamais séparée de cette tante qui dans l'opiniâtreté répétait, répétait, répétait son prénom.

Oui, combien, en ces instants où ma tante rugissait, l'enfant à fleur de peau que j'étais eût aimé que son père se manifestât ! S'il avait pu se montrer, avec son cœur à découvert qui battait pour moi, apparaître, me tirer de là, me prendre dans ses bras, me dire que tout allait bien, même si à l'évidence ça n'allait pas, répondre à mes questions, m'expliquer pourquoi il partait si fréquemment. Commenter les mots héritage et famille !

Je rêvais d'un père qui défonçait la porte. Il se tenait là tout près, me serrait contre lui, me soulevait ; avec la force des grandes brises et des débuts du monde, il balayait tous les décombres d'un paysage révolu. J'échappais à toutes veines d'eaux troubles, peines et frayeurs assassinées. Je rêvais. En réalité, qui pouvait s'émouvoir des pensées de cette fillette aux nattes sombres qui envisageait trop souvent de boucler ses bagages, qui aux jours mornes, dévorée par l'absence de complice, suppliait le fleuve, sa réserve de trésors et de fables ?

La mer, les longs mâts d'un vaisseau halluciné dans la rumeur incertaine du courant. Prendre le large, traverser les nuits, remuée par les vagues. S'amuser enfin, fêter la lune, les flots, la vie. Déserter ! Toutefois, lorsqu'on naît gaspésienne, on apprend tôt que même un morceau de bois ballotté dans les eaux du fleuve retrouve son chemin. Si flux et reflux de la marée entraînent sur la rive les corps et leur désarroi, ils ramèneront tôt ou tard les bateaux ivres et sauvages. Inéluctablement. Seuls les pâtés de sable avec leur part de mystère s'effacent. Aussi, mieux valait affronter.

Après tout, il y avait ma mère. Ma petite maman chérie qui avait besoin de moi.

La douleur attache à la douleur.

Ainsi, j'ai tenu bon ou plutôt je tenais bon, de semaine en semaine, suspendue à une fenêtre, à un coin de rue, à l'image furtive d'un père qui allait revenir, qui revenait couvert d'un manteau marine avec au cou son foulard de soie sentant le papa qui sent bon. Je n'avais pas de nom pour les parfums, je n'y connaissais rien ; ma mère n'en portait pas. Oh ! il y avait bien un flacon rempli aux trois quarts d'un liquide ambré, dans la salle de bain, cependant ma mère n'y touchait guère, et qu'importait puisque maman sentait la pluie. Quant à ma tante, elle pourfendait la frivolité et dénigrait tout artifice, dogme qui, n'incluant ni les boucles d'oreilles d'émeraude ni les biscuits au chocolat, me laissait perplexe. Je retenais comme leçon que mon père appréciait le beau et que cela était bon. Il avait de la classe et d'élégantes tenues. Curieusement, que maman possédât peu de choses n'attira pas mon attention. Pourtant, aucun bijou ni beau costume, qu'un chapeau sans intérêt pour la messe. Nous ne devions pas rouler sur l'or, maman calculait avec minutie. La moindre parcelle de savon devait être conservée, quitte à le coller sur le suivant qui servirait à nos ablutions. Maman disposait d'un réel sens de la récupération, à ce jeu-là elle démontrait une créativité hors du commun; cependant, cette attitude en accord avec l'époque n'exerçait aucune contrainte sur ma personne, comme si les usages de la maisonnée s'étaient propagés dans les pores de ma peau ou mêlés à mon sang. Sans doute avais-je manifesté quelques obstinations, quelques primitifs élans propres à l'enfance, mais, admettons-le, la docilité et moi faisions bon ménage, et puis la somme de nos biens permettait que je ne me sente pas indigente même avec les remarques mesquines et les sous-entendus de ma tante.

Notre résidence, quoique modeste, me paraissait, avec ses volets olive et sa clôture blanche, la plus mignonne du voisinage; une des balançoires pendait au bout de sa corde, mais ça, c'était parce que nous étions trois femmes et qu'aucune d'elles ne réparait les balançoires qui cassent et s'enroulent autour des poteaux de cèdre. Pour le reste, rien à redire, sinon que son imposante galerie de bois, qui encadrait la moitié de la demeure, permettait d'observer automobiles et badauds. Combien de fois m'est-il arrivé, durant l'été, de m'y asseoir pour dénombrer les automobiles qui roulaient devant la porte? Des avant-midi, il en défilait jusqu'à cinq! Triomphante, j'accourais à la cuisine; la grisaille m'attendait. Maman avait mieux à faire que de saluer ce genre de prouesse. Les lèvres closes, elle s'affairait au son des *Joyeux Troubadours*. Elle lavait tout, des stores aux touches du piano. Je n'ai jamais souscrit à cet acharnement, au besoin de tout nettoyer de la sorte, j'ai plutôt enregistré combien cela paraissait éreintant et, devant pareil tableau, j'ai recherché des formules magiques qui d'un coup redonneraient le sourire à ma mère, à ma mère trop jeune, trop digne et trop belle pour être ainsi épuisée. Cependant, l'enfant tôt ou tard découvre que nombre de ses désirs demeurent sans lumière.

Devant la mer étale, cette après-midi, j'observe maman, assise sur la véranda, elle tient des aiguilles entre ses doigts, une pelote de laine sur ses genoux, l'œil embué comme si le froid et la peine allaient ensemble. Sa douleur est là à côté de moi. J'essaie de ne pas y toucher, mais c'est triste, une mère qui tient des aiguilles entre ses doigts en faisant mine de tricoter. Parfois une maille tombe, s'échappe du court tricot que je lui monte lorsque je viens lui rendre visite.

Elle a quatre-vingt-cinq ans, vit seule, ne soupçonne pas que demain elle quittera sa maison. Je suis venue la prévenir, lui prendre la main, la guider vers le Centre. Ils l'attendent, ils sont gentils. Bien sûr. Je lui ai expliqué hier. Presque, enfin. Maman a pris l'habitude avec les ans de ne comprendre que ce qu'elle veut. Elle a la faculté prodigieuse de ne conserver entre ses tempes que les idées qui l'avantagent, si bien que je dois lui répéter, répéter les mêmes choses désagréables. Je déteste ce rôle. Je n'ai rien d'une invincible. J'ai essayé pourtant.

Devant la mer étale, cette après-midi, non loin de la côte, j'observe ma mère, immobile, tremblante. Elle ne tricote pas un foulard, et le froid et la peine vont ensemble.

C'est août. Le soleil se couvre. Assise sur le perron, ma mère *pâleur de vieil ivoire*, parchemin usé, s'en va et le sait. Une quarantaine d'années plus tôt, ma tante qui réclamait haut et fort le privilège des grands espaces s'éloignait de maman et de ses travaux ménagers pour s'asseoir là, au même endroit, une revue sur les jambes, l'air de chercher un mot, un détail, le doigt sur la lèvre et le chignon pompeux. Si ma tante a quitté la maison familiale il y a longtemps, elle y a laissé son austérité ternie ; même après des années, elle flotte encore parmi les pièces. À moins que maman ne tienne ce sens de la privation des années passées au couvent ? Peut-être ma tante n'a-t-elle fait qu'exacerber cette disposition ? J'ai remarqué que les Gaspésiens nés sur le versant nord de la péninsule se croient obligés de calquer leur existence sur la surface accidentée des falaises, sur la tyrannie marine et l'horizon sans ancrage. Ils parlent si tristement du bonheur, comme exilés de cette patrie-là. Ils apprennent que de guerre lasse tout finit par rouiller, fatalement, leurs pensées corrodées par le sel qui s'entête à ronger et les clôtures et les bicyclettes et l'air autour. Mon père est né en Beauce, la joie lui était naturelle.

Face à la maison, des épluchures d'une vie que je croyais décomposées, disparues dans ma mémoire me hantent de nouveau, maigres chemins d'antan qui me mènent tantôt près de ma mère, tantôt au cœur des murs de notre foyer et de leurs fissures mises à nu. L'odeur, entre nostalgie et rance, chuchote cette vie minuscule et trop tranquille, cette respiration presque immobile. Dehors, le dernier trait de lumière étouffe parmi les branches des peupliers, le temps file puis déroule la nuit sur la cour arrière, là où, jadis, on avait planté un peureux à corneilles en espérant épouvanter les oiseaux, comme s'il fallait que seules les aubades de papa nous atteignent. Et pourtant, il aura suffi d'une après-midi, d'un unique accroc dans le ciel pour que la voix de mon père se couvre de ténèbres. Un accroc.

Un voile de brouillard tournoie ; si je refuse de me secouer, le rythme de la marée va me ruiner. Ma langue est pleine de sel. Je ne vois plus ce que je pourrais fabriquer avec la demeure de ma mère, avec ses volets clos et cette manière qu'elle a de s'effriter en murmurant des paroles graves. Voici pourtant la maison où maman a logé joie, doutes et prières. Dans la foulée des gestes recommencés, aux défis des jours, elle a, dans la cour, planté avec art et acharnement des fleurs et des brindilles, espérant toucher, je le reconnais, à cette beauté promise. Malgré tout, cette demeure plie, rompue par un poids indéfinissable. Il n'y a qu'à suivre les marches de l'escalier, elles s'enfoncent dans la chair obscure du sol, à leur guise, ne se battent plus contre les herbes ni les branchages. La galerie, les portes s'écaillent, rendent visibles leurs cicatrices, la clôture pourrit debout. Bois vermoulu. Toutes formes et couleurs érodées par le temps. C'est si précaire, ce qui tient au creux des mains, si friable, ce que nous tentons de créer. Je suis venue pour parler de la fin des choses. Le jour s'abolit, ma mère m'attend. Elle connaît le silence, la poésie en miettes, *La tristesse de n'être bientôt plus rien*, elle devine comment les choses se terminent, mesure leur penchant, a vu si souvent le soleil sombrer derrière la ligne d'horizon.

Le chemin n'est plus très long, voilà sans doute ce que lui indiquait papa, quand de concert ils marchaient sur la grève et que, distraits par un semblable plaisir, ils avaient trop monté vers l'ouest. Au retour, maman alléguait : « On s'est encore perdus. » Elle riait. C'était doux de l'entendre rire. Le soir était bon, j'en avais profité pour aimer un rouge-gorge avant qu'il n'aille dormir. Innocentée par cette grâce inaccoutumée, j'avais épongé ma peine et délaissé ces heures aux fenêtres, ces heures à espérer que le monde s'ouvre, qu'un vent fauve y entre et balaie la torpeur, les lois rigides de ma tante, leurs mots glacés, la mine essoufflée de ma mère redevenue sereine en cet instant de prodige.

Papa était notre magicien, la musique qui revenait, l'azur qui s'offrait, une revanche sur les jours glauques. Quelque chose recommençait, qui faisait danser. J'oubliais tout ce que je trouvais laid ou détestable – il vient un temps où ces deux choses-là se confondent –, j'oubliais mes bottes rouges, les nids de couleuvres et le nez de ma tante.

Toutes les préoccupations s'éffaçaient avec facilité, car une fois passées les premières heures du retour de papa, ma tante, en retrait, s'empressait d'écrire des pages et des pages sur son bloc de papier vélin. Sa constance m'intriguait, ces griffures d'encre semblaient capitales les fins de semaine. Je ne comprenais rien à ce manège qu'elle répétait, répétait devant mon père; qu'importait, puisque cela nous laissait au bonheur de nous cueillir l'un l'autre. J'adorais ces moments, ce tableau de notre petite famille enfin réunie. Une image de l'harmonie, une minute en été comme avant, quand rien n'avait été corrompu. Ma mère, au fond du jardin, émue, les yeux qui brillent avec la peau qui sent le savon Camay. Sa robe bleue. Rien n'était plus éblouissant que ma mère en robe bleue dans l'infime douceur des choses. Comme je l'aimais ainsi!

Ces après-midi, nos samedis, délicates empreintes de bonheur entre quiétude, dahlias et évasion. Maman qui renonce aux probables jugements de ma tante et redevient fillette sur une balançoire pour le sourire de son homme. Maman qui sert la limonade, l'été, dehors, dans des verres de couleur remplis de glaçons qui carillonnent. Dieu que ma mère était belle! Amoureuse. Amoureuse d'un magicien!

Papa : sa main qui fouille les cheveux de ma mère et l'ensorcelle. Le cou ployé de ma mère et la vie qui, là, enfin va de soi.

L'enthousiasme de papa, ses emportements, rompaient la désolation. Un effet de sacrilège. Mon père aimait être entendu comme d'autres réclament d'être aimés. Il était notre seul homme. Nous le désirions tous, car il nous semblait irrémédiablement étranger. Papa battait la marche, orchestrait notre quotidien d'une autre manière. Il rythmait notre existence;

je comptais toujours les jours sur le calendrier, j'encerclais de rouge les jours où il revenait. Syntaxe désarmée.

Le reste du temps, le temps est ainsi, plein de restes, il y avait maman, il y avait ma tante, il y avait moi.

C'était pesant, la famille.

Mais il y avait les samedis et le chant de papa. J'étais sa plus fidèle auditrice, chaque note me refaisait la peau. Une mue. On aurait cru un deuxième sang qui courait en moi. Je me souviens de mon cœur, dément dans ma poitrine. Une sensation innommable entre la trop grande joie et la peur.

C'est vertigineux de quitter l'infortune connue pour un dessein qu'on ignore. Funeste attachement. Pour certains, la souffrance semble si agglutinée au corps, à l'âme, que la débusquer et s'en détacher tient du miracle.

Maman se rembrunissait rapidement. Un fluet vent d'octobre la faisait plier tels les pommiers chétifs qui acceptent leur sort. Sans doute avait-elle compris que les visites de papa se voulaient des divertissements passagers. On pouvait succomber à leur séduction, cependant le soir reviendrait, inévitable, dans un poudroiement de brume et de désillusion. Le bonheur peut fondre sur nous. Nous détestions les dimanches.

Les dimanches, c'était une porte qui claquait suivie d'une éternelle attente.

Malgré sa dévotion religieuse et les dogmes de l'époque, maman, ces jours-là, les bras chargés de nuit, se soudait à sa machine à coudre et aux diktats des patrons, qu'elle suivait à la lettre avec un zèle aussi excessif qu'éprouvant. Taies d'oreillers, rideaux, nappes, coussins, jupes, toutes ces confections naissaient du labeur obstiné de ma mère et de sa colère. Il fallait l'observer enfiler l'aiguille en fronçant les sourcils et en pinçant la langue ! La bobine de fil, le guide-fil, le releveur de fil, l'aiguille, le bloc-tension, le bloc-tension, l'aiguille, le pied-de-biche, l'aiguille, le pied-de-biche, l'aiguille et la canette et les recommencements et le visage de ma mère, et vois-tu comme je travaille et vois-tu comme je travaille.

Bien sûr, je voyais. Je restais au milieu de la pièce, me dandinant sur une jambe, sur l'autre, puis je m'assoyais, sur la chaise de rotin pas très loin de maman. Je l'admirais, je ne bougeais pas trop, je ne voulais pas lui faire de peine. J'effilochais, j'effilochais des bouts de tissu qui s'accumulaient, peluche et velours frangé à nos pieds. Mes doigts folâtraient dans le bocal de verre, dans ce trésor de vieux boutons dépareillés. J'en retirais quelque-uns, les plus beaux que j'enfilais sur des morceaux de carton qui cliquetaient quand je les brandissais. Du bruit sur du bruit, et je regagnais le fond de l'enfance. Asile désolé. Bien sûr, je voyais, mais j'ignorais quoi faire.

Maman. À quoi pensera-t-elle, dès demain, à la fenêtre de sa nouvelle chambre ? Du Centre d'accueil, ce bout du monde au milieu du village, elle distinguera le toit de tôle rouge de la poissonnerie, pas très loin, puis l'église, à deux pas, le parvis du moins, si elle parvient à se pencher. Supposons que le cœur lui en dise, elle pourra s'installer, l'été, sur la galerie avec les autres pensionnaires pour voir les lilas rouiller doucement ou observer les gens déambuler, ceux qui travaillent là, ceux qui se hasardent dans le coin, les quelques rares enfants qui échappent leurs ballons dans un éclat de rire. Mais dans quelques mois, il y aura l'hiver, ses flocons ennuyeux et longs, le vent qui pique, l'absence de gaieté aux abords des rues. L'interminable patience. Maman. Bien sûr que je vois. À quoi songent tous ces gens qui franchiront bientôt la nuit ? Brin d'herbe au vent.

Belle et petite maman, j'aimerais te savoir encore capable de tricoter.

À cinquante-deux ans, devant la mer, sa mouvance et son chuchotement, je réclame une sœur, un frère que je n'ai jamais eu, un œil vers maman qui se tient voûtée sur sa chaise sans déranger personne, indifférente, on supposerait.

J'ai tourné en rond dans la maison, dans cette idée du temps qui passe, sous le regard humide et bleu de ma mère. J'ai préparé des caisses, mis sous carton ses souvenirs, des fragments de la vie de papa, de leur union trouée d'absences, maigres ossements du passé. J'ai déniché une boîte d'images pieuses de l'époque où maman était écolière, cette époque où personne n'était mort. Sainte Vierge jaunie et Jésus placide sur lesquels j'ai cherché un instant un mirage, un peu d'âme parmi les objets inertes.

Assise sur le pied de son lit, la tête de côté, maman me dévisageait. On aurait dit une petite fille à qui l'on retirait ses derniers jouets. Telle peine parmi toutes les peines. Nous étions, ma mère et moi, en train de vieillir entre nous.

Le temps ne fait que passer ; il vient trop vite, le règne où l'enfance, poussée par un autre monde, murmure la mort.

Dans un coin du salon, près du piano, j'ai continué de rassembler le maigre butin de ma mère. Morceaux de nostalgie, fables, tendresse et détresse emmêlées. J'ai eu envie de garder tous ces objets pour moi, je craignais subitement que des étrangers s'emparent de ces boîtes et n'y distinguent que broutilles, incapables de reconnaître la soif au centre des choses, comme si en ces heures de couvre-feu ces quelques traces gagnaient en importance. Qui convoiterait ces bouts de papier et ces photos racornies ? J'ai tout de même imaginé ces talismans froissés et souillés au milieu d'un lot de circulaires dans une poubelle, une main inconnue et perfide larguait par-dessus bord, s'acharnait à tourner la page, disposée à une autre histoire.

Nous voici en 1948 ; aux portes de l'hôpital, deux religieuses, tunique noire et cornette blanche, tiennent par le bras avec une impatience mêlée de compassion une novice d'une singulière beauté. Son visage, ovale parfait, encadre des yeux d'un bleu polaire qui troublent immédiatement un homme chargé de porter des fleurs à une musicienne hospitalisée depuis peu. L'homme est élégant. Un brin sauvage, emporté, prompt, il aime les yeux bleu polaire, le soleil valsant sur les dalles de béton, l'odeur un peu vinaigrée des marguerites qu'il tient contre lui, il aime le silence de cette future religieuse, la manière qu'elle a de regarder droit devant elle, avec entêtement croit-il déceler, et surtout il estime qu'au fond on ne désire que ce qui nous est étranger, et il connaît la musicienne, une voisine plus âgée que lui, avec qui il discute clef de sol et bémol parfois le dimanche, aussi ne voit-il que ces yeux bleu polaire, là, devant lui, à l'instant, leur feu, et sa volonté, à lui, de s'y fondre soudain, de devenir cette lumière transparente, cette brûlure pour une autre âme. Les religieuses avancent d'un pas résolu, leur voile les suit tandis que tintent à leur taille leurs chapelets. Autour d'elles quelques passants déambulent, étrangers à cet homme délicieusement envoûté qui tente à son tour de séduire. Mon père se moque du jugement que ces religieuses porteront sur lui, sans circonspection il contemple une novice frêle, belle et troublante comme dans les livres. Il me confiera plus tard, « ta mère était une princesse-cygne », fier à l'évidence de l'avoir ravie, de l'avoir détournée d'un projet plus chaste.

Pour y parvenir, il se rendra au couvent, avec pour toute arme un chandail de laine rouge. Les petites sœurs réparent les chandails qui se démaillent, toutefois la frêle, belle et troublante

Gaby mettra un temps fou à raccommoder le sien. Ainsi repassera-t-il, semaine après semaine, mois après mois, au couvent, sous le prétexte de récupérer son chandail, porté par la soif de revoir sa douce, cette femme nimbée de mystère pour qui, retourné jusqu'à l'âme, il composera romances et farandoles. Mon père aimait se sentir amoureux, savoir qu'il l'était. Son chandail jouait les messagers. Un tendre symbole pour courtiser celle qui deviendrait ma mère. Il avait un rival de taille : Dieu. J'ai compris plus tard que papa prisait les défis.

Selon son propre aveu, la visite au couvent s'était vite muée en jeu, un fantaisiste duel dont il sortirait vainqueur ; devant un tel cérémonial ennobli par le charme et la détermination, ma mère céderait. La procédure se déroulait chaque fois de pareille façon. Arrivé au parloir, mon père butait d'abord contre sœur Sainte-Marie de l'Incarnation et son œil pointu, puis la novice, Gaby, descendait l'escalier de bois verni avec un mélange de grâce et de réserve en s'excusant pour le rapiéçage qu'elle n'avait pas encore terminé, à coup sûr elle donnait une raison ou une autre pour justifier son écart de conduite. Un bout de laine manquant à une manche, au col, une aiguille trop grosse, trop fine, enfin n'importe quoi pour que durent ces insolites fréquentations, ce trouble à peine dissipé qui s'immisçait entre eux au fil des après-midi de l'automne quarante-huit.

Dans ce récit que papa traçait, il avait été frondeur ; maman avait reçu des marguerites, devant la façade de l'hôpital, d'un homme qui déclamait des vers, quelques strophes tirées d'un opéra, puis ce même jeune homme déluré avait déployé des trésors d'imagination afin que se prolongent leurs trop brèves rencontres dans l'entrée du noviciat. À l'issue de ces astuces, l'homme en question avait remporté le cœur de la belle, qui avait quitté Dieu pour lui.

Ça, c'était le récit de papa. Totalement crédible à mes oreilles. La Charlotte subjuguée par celui qui racontait de façon telle qu'il était cru ! Mon don Juan produisait du langage heureux. Prouesses jubilatoires. J'étais sa petite fille éprise ; il m'endormait avec sa voix et ses histoires. Et les histoires de papa se moquaient de la vie comme la musique, comme l'opéra auxquels il s'adonnait, toujours à mille lieues des préoccupations quotidiennes et ternes de notre maisonnée.

Quêtes exotiques, héros aussi valeureux qu'invraisemblables, faste et costumes somptueux, l'opéra permettait à papa de tourner le dos au présent et comblait son goût pour le spectaculaire. Papa glissait dans la peau de ces personnages mythiques et pleins de fièvre, se passionnait pour eux. Une nécessité faisait choc avec ses muscles. Et moi, l'écoutant, je me sentais devenir solide pour le reste de la journée.

La chute du chignon de ma tante et le dessaisissement que me procuraient les vocalises de papa m'ont donné une force brute, une sensation que je n'ai jamais pu enterrer, qui aux jours de disgrâce embrase mon sang pour me tirer, me soulever, m'entraîner ailleurs. Une corde par-dessus l'abîme. Ça m'a servi. Sans cette disposition, je serais restée vissée au piano, aux gammes infernales que m'enjoignait de pratiquer ma tante et surtout je n'aurais pas pu me dégager de ma mère, de cette même nuit qui semblait lier son passé et son futur, de cette tendance que j'avais de ramasser, comme un oiseau, tous les restes de maman, ses réflexions et habitudes mortifères qui flottaient dans l'espace, promptes à se frayer un chemin jusqu'à mes viscères.

Sous l'inspiration de mon père, j'ai appris à vivre en double. Pas toujours, néanmoins je lui dois la ferveur avec laquelle j'ai embrassé mon travail.

On a plusieurs vies derrière et devant nous, on peut s'ennuyer en les regardant défiler, en pestant contre tout ce qui dépérit, on peut au contraire réfléchir à ce qui n'est pas encore né et qui comblerait notre faim. Papa lorgnait la lune avec appétence, n'a jamais tenu compte de la ligne qui partageait la mer et le ciel. J'imagine que maman en a souffert, par contre la fillette que j'étais ne pouvait qu'apprécier, ravie que son père puisse répandre du merveilleux sur le réel. Papa avait de la couleur dans le cerveau.

Il m'avait, pour mes quatorze ans, offert un roman d'Alexandre Dumas. On y trouvait beaucoup de mots et plein de sentiments. Je ne me souviens plus du titre, n'ai retenu que la fièvre, l'emportement. L'essentiel, quoi ! Ce que papa souhaitait pour moi. Pressentait-il qu'élevée, entre autres par sa sœur, je risquais d'oublier que la vie sur terre réclame fougue et vertige ? À moins qu'il n'ait compris, lui aussi, que les individus qui nichent en bordure du fleuve, appréhendant son tumulte, y tournent le dos. Si les gens d'ici préfèrent fermer les volets de leur domicile pour étouffer la rumeur des vagues et la possibilité d'être emportés par elles, papa, lui, les pieds solidement plantés dans le sable, renversait le cou par en arrière, négligeait de protéger sa gorge et gobait l'air, les bras déployés, droit debout devant l'horizon. Ce grand corps abandonné à la rigueur du climat ! La puissance du vent qui le traversait, sa fureur. Nous entendions cette énergie, cette beauté-là dans sa voix, une fois qu'il revenait à la maison. Un souffle colossal.

Jeune, j'ai retrouvé cette impression dans les livres, dans ce roman d'Alexandre Dumas que je lisais en cachette sous l'édredon. Parfait moment au milieu du blanc et du noir des pages. Je quittais ma vie, en fait la reprenais là où je l'avais laissée la veille, à la dérobée, fébrile, comme insatiable, inconsolée de trop de faims. Les livres fécondaient mon esprit, je rêvais d'un bonheur total, incapable de concevoir que mon existence ne puisse pas se calquer sur les aventures des êtres de papier que je fréquentais. Ma tante, qui me jugeait oisive et rêveuse, condamnait mes heures de lecture ; selon elle, elles contribuaient à ramollir mon âme. Étrange conduite pour qui dépensait de longues heures sur la galerie à feuilleter des revues, à piocher sur des mots croisés ou à écrire des lettres. En réalité, ma tante, pareille à ma mère, enviait ma jeunesse, elle présumait sans doute qu'on ne peut lire sans éprouver l'envie d'être libre. Chère tante ! Une vieille dame, de tout temps vieille, toujours à deux pas des eaux noires, austère et hostile, invariablement aigrie en face des individus qui semblaient vivre trop.

En fait, ma tante ne s'était pas réintégrée à ce village où jadis elle avait habité, elle évitait de flâner sur la grève, se gardait de saluer les gens, de s'enquérir de leur santé, fuyait toute marmaille, préférant le refuge de quelque préjugé social. Agrippée à sa chaise et à ses mots croisés, ma tante devait s'ennuyer ferme.

Je l'épiais souvent.

C'est le soir ; ni elle ni moi ne semblons avoir froid, assises, secrètes sur la galerie, le cou cassé, braquant le nez au ciel, comme au plus près des étoiles. Les lèvres de ma tante remuent, elles ne murmurent rien, du moins je n'entends pas les mots. Sans desserrer les lèvres, ma tante marmonne, s'efforce de trouver une vieille image, un nom peut-être, un nom à léguer à cette nova qui soudain vient de filer devant nous deux. Je pourrais rompre cette singulière union, rentrer, rejoindre maman qui avec courage besogne ; toutefois, une vague impression de mélancolie et de curiosité confondues me retient aux côtés de ma tante. Cette femme m'intrigue, elle se montre si mauvaise parfois, j'ai franchement le goût de la maudire, malgré tout je reste là, sans secouer le silence, dans les senteurs fortes et roussies d'une brise de fin d'été. On ne bouge plus, on imagine. J'ai douze ans, peut-être treize, je scrute le firmament rempli à ras bord d'échos et de mirages, je pense à demain, à l'amour. Bonheur blanc. Peut-être les tantes qui se bercent sur les galeries en font-elles tout autant ?

Ma tante : je la revois, au lever, sa mine dubitative, son costume acier, sa chemise si blanche que maman repassait. Seules ses émeraudes aux oreilles rompaient son ascétisme. Elle ne mâchouillait pas même un bonjour au réveil, attendait que ma mère lui serve son café qu'elle sirotait avec des manières et ces sempiternels biscuits au chocolat provenant de Montrrréal qu'elle n'offrait à personne et qui bien sûr détrônaient le pain de maman, trrrop crrroûté, trrrop blanc, trrrop sucrrré, trrrop ci, trrrop ça. À Montréal, on savait ! On savait quoi ? On savait tout. Par rrrancœur, un jour, j'ai volé les biscuits de ma tante. Les ai gobés jusqu'à la nausée. Le reste, je l'ai largué aux goélands qui le mendiaient avec un bruit de sanglot. Il fallait les voir, après, se traîner tout lourds et barbouillés sur la grève. J'entendais dans ma tête ma tante réclamer sa boîte de biscuits soudain introuvable, quelle satisfaction ! J'avais mal mesuré son anxiété, sa colère d'un seul coup dirigée contre maman. En bas âge, on ne réfléchit pas à tout lorsque sonne l'heure de la vengeance. Le cœur des enfants est une boîte à musique, il ne s'y cache qu'une seule mélodie. Une à la fois.

Résolue à démontrer, devant ma tante, qu'en matière d'éducation elle savait s'y prendre, ma mère m'a privée de confiture et de miel au déjeuner. Le méfait ne pouvait provenir que de moi. C'est d'ailleurs ce qui était embêtant avec mon enfance, je ne pouvais rien partager. Et maman avait comme souci premier de bien réussir avec moi. Réussir. Voilà une drôle d'histoire, les parents ne comprennent pas trop de quoi il retourne, malgré tout ils s'y évertuent et les enfants consentent à les suivre dans un dédale de sentiers redoutables. Le regard des gens servait de guide à ma mère. Maman s'y est noyée. Au fil des années, cette attitude l'a sculptée; son dos voûté dénonçait tout haut qu'elle avait renoncé à ses désirs, soucieuse d'épouser les exigences d'autrui. Les désirs lorsqu'ils ne repèrent pas de canal façonnent des grimaces dans le corps, des empreintes. Certains appellent cela la douleur. En réalité, il s'agit d'une parole sur les vieux espoirs, sur la façon dont on a, auparavant, rêvé sa vie.

J'imagine maman qui, un jour, avait murmuré : « Fais-moi danser, Raoul Aubert». Et Raoul Aubert l'avait fait voltiger, s'envoler un instant. Parce qu'avant la petite fille qu'avait été maman n'avait pas su s'abandonner. Elle ne s'était adonnée ni à la danse ni aux gambades, n'avait jamais vraiment joué ou badiné avec les gamins du coin, trop sage, trop conforme aux requêtes de son milieu. Et Raoul, lui, l'avait fait s'envoler un instant. Les pieds enfin plus hauts que la terre battue... Grand-mère Édith avait dû les lorgner de la fenêtre, observer la scène sur le perron – sa fille qui virevoltait les yeux mi-clos. Et ma mère avait cru aux oiseaux, à leurs ailes immenses et insensées comme le vent du large. Et j'étais née, quelques années plus tard, entre deux mouvements de vagues, dansant sur l'aube. Les poissons font des bulles, les oiseaux des enfants, une même tempête peut les anéantir.

Toutefois, on ne sait rien de tout ça quand on naît. Et la Gaspésie était belle et maman aimait la Gaspésie. Il y avait un fleuve bleu comme l'azur, des goélands, des mouettes, des quais de bois grignotés par la marée, des coquillages, des rubis de verre polis, de minuscules crevettes enrubannées d'algues, des pêcheurs aux mains calleuses et brunies, des poissons aux écailles scintillantes, des cortèges d'enfants dans les cours et des rires sonores à l'épicerie du coin, là où s'attroupaient les hommes du village, les plus oisifs du moins, ceux qui ne pêchaient ni ne bûchaient, ceux qui refaisaient le monde en grillant une cigarette et saluaient gauchement mon père, ce fantaisiste qui osait, à l'époque, promener sa fille, devant eux, dans un landau.

Je suis née en plein été, un trois juillet, et mon père était fier. C'est du moins ce qu'il m'a raconté, pour que je sois fière à mon tour, fière de lui ou sûre de son amour pour moi. Il devait se douter qu'à distance, l'amour s'inquiète.

Et Montréal était loin. Et papa partait seul. Et souvent. Il travaillait, tandis que ses deux femmes l'attendaient. Attendre était notre spécialité.

L'attente de ma mère et de ma tante se composait de patience, de retenue, de contenance et d'abstinence. Quelques soupirs de maman lancés vers moi au travers de nos jours venaient rompre cette manière toute feinte de mimer, devant les rares inconnus croisés, que tout allait comme il se devait. Parfois, certains soirs, quand ma tante partait se terrer dans sa chambre, maman, tout en brodant, me parlait, façon de me *border à double tour* avant d'aller dormir. Elle avait pour moi des mots, des phrases trop grandes, on aurait dit de la vitre qui me coupait le ventre. Des morceaux de rêves fracassés, sans doute.

Quant à mon attente, elle était folle d'impatience. Et de ressentiment. Il ne faut pas se méprendre. Je n'étais pas qu'une bouche qui se tait et pleure, j'avais souvent envie de mordre ; toutefois, je rangeais mes colères là où personne ne pouvait me les arracher.

Combien de fois la fillette de six, sept ou huit ans a-t-elle tiré sa valise de sous son lit pour y lancer pêle-mêle deux chandails, une poupée, un clown, une paire de bas et plein d'os de cette fragile planète ? Ma chambre me semblait trop étroite, atrocement près du salon, de son piano tyrannique ou trop collée à la gravité du fleuve ou de ma tante, jamais assez loin de l'éternelle obligation d'être autre chose que ce que j'étais. Chaque escapade évoquée symbolisait une étrange victoire pour moi. Je n'étais plus cette petite fille docile et résignée qui ne demandait rien, qui patientait, assise sur la galerie, les poings fermés dans les plis de ses vêtements, j'étais une jeune femme hardie et pleine d'initiatives qui irait, vagabonde, là où l'air palpite, là où la vie la pousserait, dans le tumulte, l'incandescence, l'élan qui met en péril. Je m'imaginais, sur les ailes d'un bel oiseau, rendue à la confusion des lignes des champs et des broussailles, emportée au loin, plus loin que les maisons, à l'endroit où le ciel éblouit. J'irais dormir en plein soleil.

Je retrouverais papa. Ce père qui savait si bien se faire attendre comme le font ceux qui croient ne pas pouvoir être convoité autrement. Procédé superflu s'il en était un, car notre famille, pareille à nombre de familles québécoises qui tenaient leurs rites de l'Église catholique, avait pris l'habitude d'espérer la venue du messie. Cependant, Dieu se camouflait. Au même endroit que mon père. Tous deux se faisaient désirer. Ils arrivaient chaque fois ensemble après une grosse épaisseur de temps et d'espace.

Toutes ces heures à patienter, à lambiner avec deux coquillages, un cerceau de plastique, une boîte de peinture ou rien ! Parfois, sur des morceaux de carton, j'esquissais des visages inconnus aux couleurs insolites, des dessins qui un jour auraient une histoire. J'avais pour me réchauffer plein de divertissements minuscules, j'avais surtout, il me semblait, beaucoup de temps. Bien sûr, l'école existait, les récréations, les leçons, quelques compagnes pas trop insignifiantes ; toutefois, les fins de journée me ramenaient à la maison dans cette tanière léchée qui puait le désinfectant et les bonnes et épuisantes manières où, perdue dans mes pensées, roulant mes cheveux autour d'un doigt, je m'assoyais à la table de la cuisine toujours pleine de devoirs.

Les lèvres douloureusement crispées, à deux pas des yeux de ma tante, maman repassait des montagnes de vêtements. C'est à peine si je pouvais apercevoir son visage derrière la pile. J'y cherchais ma mère ; un silence rigide se mêlait à l'empois. Maman faisait voler des pans de draps blancs entre nous pour les plier. Curieux combien de petits gestes simples peuvent nous isoler les uns des autres. Ma tante, de l'index, me réclamait au piano, je jouais, braquée, je souhaitais engouffrer pour l'éternité mes mains dans les poches de ma tunique marine et obligatoire. Mais je faisais ce que j'avais à faire ou, plus exactement, ce que l'on réclamait de moi, ensuite je me blottissais dans le ventre de ma chambre.

On est jeune, on compte sur ses doigts, on ne compte déjà que sur ses doigts, néanmoins on se répète que cela va passer, qu'un jour : le bonheur... On se convainc que la grâce est donnée à ceux qui l'implorent, qu'ailleurs sans doute... On pense à la terre ferme, aux branches solides des arbres, aux gosiers des oiseaux d'où s'échappe un peu la voix du père, aux chiens complices, à une amie qu'on découvrirait d'un coup dans une boîte de carton, à une probable tourelle en haut sur une montagne sans la tranche usée du ciel, on se plaque des tas d'images dans le crâne. On ne devrait pas être obligé d'inventer tout ça, pourtant ce sont des trucs qu'il faut rajouter à son existence les jours où sa vie manque de vie, et quand, après tout cet inventaire, on est encore en route pour un long chagrin, on doit ouvrir sa valise, une valise bleue avec des fleurs, beaucoup de fleurs et des tours de passe-passe, et faire ses bagages. On méconnaît la direction des nuages ou la couleur du ciel, peu importe, pourvu que le corps s'agite, pourvu que l'on puisse rompre avec la pesanteur.

Comme l'espérance se cache sous la peur, je me répétais : quelqu'un va bien finir par me ramasser, m'indiquer où aller.

Ou mieux encore peut-être m'amènera-t-il chez lui ? Il m'arrivait d'imaginer qu'un trésor pouvait attendre qui errait. Qu'au bout d'un détour sans repère, oui.

Des jours, je disparaissais sur la pointe des pieds ou en claquant la porte selon l'effet que je souhaitais créer, je suppose. C'est embrouillé. Seul subsiste le souvenir de mes mains humides sur la poignée en plastique de ma valise.

Je lanternais sur la route, attentive au mutisme des maisons. En existait-il une où le bonheur avait tenu ? Je réclamais un sol qui ne tremblerait pas ou un toit de hangar qui, en scintillant, guiderait mes pas. Parfois, je revenais chez moi après quelques minutes pendant lesquelles assise sur la plage avec un peu de glaise et d'eau, j'avais sculpté des pains, des pains chétifs et grisâtres qui allaient blanchir sur la batture. D'autres fois, je bifurquais du côté de madame Brisebois, je faisais comme si j'avais perdu ma maison. Au fond, j'espérais qu'elle m'héberge au moins pour un soir. Me blottir là, dans cette demeure qui ressemblait, qu'importait la saison, à un immense et luxuriant jardin ! Peut-être aurais-je pu aussi croiser, le matin venu, cette jeune voisine qui, chaque fois que je m'y trouvais, tournait autour de la propriété avec son tricycle. Elle criait : « Dis une couleur. » Je répondais : rouge. Juste l'entendre rire... Il ne me vint pas à l'idée de me sentir agacée par cette fillette, j'aurais pu à cet âge ; je devais rêver en secret d'avoir une petite sœur ou une grande, enfin quelqu'un pour éviter de continuer seule le voyage, quelqu'un avec qui observer, du fond de mon enfance, ce ciel que je considérais comme un vaste manège. Oui, en somme, j'espérais que madame Brisebois me garde pour un soir, mais mi-inquiète, mi-scandalisée, ma fée bienveillante téléphonait à maman avant de venir elle-même reconduire la jeune vagabonde. Elle enlevait avec des gestes lents son tablier de cotonnade claire et de tulipes, jetait sur ses épaules son éternel gilet turquoise ajouré et partait sans vérifier le loquet de la porte. Sa main dodue qui emprisonnait la mienne et son pas flâneur (elle marchait doucement à cause de son cœur) m'apaisaient. J'aimais son cœur.

Parfois il ne se passait rien. Perdue dans le soir, je tournais en rond, d'un chemin creux à l'autre, avec mon maigre bagage. Incapable d'aller loin, convaincue de passer inaperçue, je revenais à la maison. Sur la pointe des pieds. Certes maman n'était pas dupe. Peut-être pensait-elle que j'avais perdu la raison. Sans doute ne savait-elle pas trop quoi faire. Avec les enfants, maman ne savait pas quoi faire. Et les enfants, ils ont de drôles de gestes pour égarer les parents. Au plus rebelle d'eux, ils conçoivent des astuces pour démontrer que l'amour doit être sans espoir. Comme j'ai dû inquiéter ma mère !

Ma valise m'a secondée, avec fidélité. Les vendredis, il m'arrivait de la boucler vide, pressée d'attendre, au bout du sentier, mon père, qui n'y décelait qu'un jeu, une fantaisie de gamine pour goûter au plaisir de revenir, main dans la main, avec son papa qui lui avait manqué. Ce n'était pas tout à fait faux, mais surtout pas complètement vrai. Il arrive qu'on appelle au secours et que les gens n'y voient qu'un sourire. Il manquait trop d'informations à papa. Mon père vivait loin des préoccupations de la maison. Ça l'a rendu heureux.

Ma petite valise fleurie l'amusait. Je l'ai déjà entendu déclarer : « Une voyageuse, ma fille, une voyageuse, digne fille de son père ! » On ne peut pas, à six, sept ou huit ans, annoncer à son père : « Je me suis sauvée cette après-midi, papa, parce que j'ai cru que Dieu pouvait être quelque part sur le chemin. » On se tait, conscient que les adultes sont des bêtes insouciantes.

Ma réputation de bonne voyageuse m'a tout de même valu une escapade d'une semaine à Montréal. Je devais avoir huit ans, peut-être neuf. J'ai effectué le voyage avec mon père. Moi et papa dans sa belle automobile noire, les deux comme deux grands ! J'étais folle de joie. Maman avait pris une éternité à préparer ma valise. Le gilet au cas où, les bottes rouges pour la même raison et les médicaments et les recommandations à mon père. Lors de notre départ, le soleil semblait bouder le village. Maman m'avait embrassée froidement, j'ai présumé qu'elle était un peu fâchée que je l'abandonne. Elle n'avait pas l'habitude. J'ai tout de suite imaginé les larges panneaux de tissu qu'elle piquerait à la machine. L'horrible bruit de la machine à coudre ! Je ne pouvais pas compter sur le fait qu'une fois moi partie, elle aurait moins de besogne, car maman avait un don, elle dénichait partout du travail, là où souvent personne n'en trouvait. Et, en plus, il y avait ma tante, le gendarme devant qui maman devait afficher vaillance et abnégation.

Qu'importait l'humeur chagrine de ma mère ou l'odeur grise et fanée que laissait la pluie, nous allions partir. Papa m'avait fait miroiter ce voyage pendant des mois. Je ne dormais plus depuis deux nuits, toutes mes pensées tournées vers ce que j'appelais notre expédition. Mon père, géant et oiseau de feu, m'emmenait sur ses ailes.

Je me rappelle la lenteur du paysage, dans l'aube indécise, de l'autre côté de la vitre ; j'étais partout où me portaient mes yeux, je nageais dans le jour que déversait la fenêtre. Le fleuve, toujours un peu plus à l'ouest, peu à peu, se vidait de son eau. Les villes et les villages défilaient avec des noms pleins de mystère : Métis, Rimouski, Bic, Trois-Pistoles, Kamouraska, auxquels papa rattachait invariablement un conte. J'ignorais où il s'en allait avec ses beaux mots, néanmoins je suivais, dans toutes les directions, cette voix profonde, caressante qui portait loin. La voix de papa me donnait un cœur blanc.

Mon père, chapeau de paille sur le crâne et lunettes fumées au nez comme par un jour de fabuleux été, parle, raconte, chante, inépuisable. Métis, ils étaient écossais, ils avaient des têtes carrées et des mains vertes qui plantaient des arbres et des fleurs en plein soleil en plein bonheur sous le regard bienveillant de leur château. « Si tu voyais les pavots et les lis, ils sont plus hauts que les sapins. Et quand vient le temps de les cueillir, les hommes s'habillent de jupes à carreaux et dansent au son de la cornemuse devant leurs grandes maisons de bois. » J'y croyais. Enfin, presque, je savais bien que les hommes qui s'habillaient en filles ça ne pouvait guère exister ! Mais les fleurs géantes, pourquoi pas ! J'imaginais ces cathédrales de verdure qui prenaient racine au milieu des herbes dures dans le bassin des heures douces. Volonté acharnée des arrangements, des formes et des couleurs. Plates-bandes et allées trouaient des percées de lumière multicolore dans mon esprit. Jeux de sable et d'herbe. Les grilles des jardins s'ouvraient, les routes me ramenaient à l'aube, toutes choses sombres dispersées. Déroute non seulement possible mais permise. Revenir d'une autre vie.

Ainsi, ce n'était plus tout à fait le fleuve, avec ses marées et ses luttes, qui miroitait derrière la vitre de la voiture, tout proche, c'était juste un peu d'eau, un peu d'air frais, ce qu'il me fallait pour croire en la poésie.

« Regarde, Luce, sur le fil, les oiseaux, tu vois, leurs pattes, on dirait des mains qui s'agrippent. » Je voyais un ange sur une allée royale qui levait une aile pour me saluer. « Oh ! jette un œil de ce côté-ci, regarde, le vieil homme, son chien sous la pluie. Regarde la grange, oh ! là le cheval. Tu veux, on arrête. »

Et nous arrêtions, prêts à enfouir nos regards çà et là avec désinvolture comme si la bruine n'existait pas, comme si papa n'avait pas de destination. Virtuoses de la fugue, nous avions tout notre temps pour badiner avec le ciel et les nuages. Dérobade. Dans l'esprit des fillettes de huit ans, le père est éternel, rien ne laisse envisager la mort. J'ai huit ans, je n'ai encore rien lu sur la précarité des gens qui naissent avec les yeux azur, il faut se méfier de cette clarté-là, plus tard un bel ami m'écrira qu'elle ne livre pas tout. Assise dans la voiture, j'écoute papa sans craindre le charme rompu et les roseaux blessés jusqu'à la racine. On n'est pas obligé à huit ans de penser à tout ça, il se trouvera bien, un jour, un chaton mort ou un poisson rouge flottant sur une eau visqueuse pour nous rappeler notre fragilité, cette troublante faculté que nous avons de disparaître.

Papa chante; je biffe de mes pensées les vents rugueux qui, parfois le soir, épluchent les arbres. Nous chantons, nous rions, les deux, dans l'automobile, « À la claire fontaine, m'en allant promener », « Cadet Roussel a trois maisons », et le jour devient translucide. Pluie et nuages succombent; toute la rouille de l'année disparaît. J'ai abandonné ma mère et ma tante derrière nous, perdues dans l'opacité de la brume. Finie l'obligation de battre les oreillers de ma tante chaque matin pour, selon ses dires, leur redonner souplesse, finie l'impossibilité de baragouiner ou d'ajouter un commentaire en écoutant la télévision ou la radio, terminé l'impératif de pratiquer, jusqu'à la désolation, gammes et arpèges, abrogée l'interdiction de dénouer mes nattes en plein jour, bref je peux plaisanter, affranchie du chagrin et des inquiétudes de ma mère. Me voici en vacances et délicieusement étourdie par cette perspective. Enfin presque, si ce n'était ce malaise, étrange tourment.

Ce n'est pas tout à fait manifeste, ça n'a pas de mot, mais ça se loge au plus profond de moi, et ça ne semble pas vouloir s'effacer; c'est difficile de quitter maman. Bien sûr je me tais, d'autant plus que nous n'allons quand même pas faire marche arrière pour que je l'embrasse plus fort!

Ainsi nous arrivons à destination. À ce moment précis, je réalise que je n'ai pas vraiment réfléchi à la vie de mon père à Montréal. Sa vie, pas celle de chanteur, mais la quotidienne en dehors de la scène et des applaudissements. C'est à ce moment que j'ai vu qu'il pleuvait aussi à Montréal, que la nuit soudain s'était jetée au pied du jour.

Papa ne vivait pas à l'hôtel, plutôt dans un appartement au deuxième étage d'un immeuble en briques rouges. Cette vision, seule, avait fait trembler le paysage.

Tu as huit ans, tu connais la Gaspésie, ses maisonnettes, le bras de mer, le clapotis de l'eau qui meurt sous le quai, et tout d'un coup le temps roule sur lui-même, fait des bonds. Le ciel acier se mire dans une flaque de vase. Tu gravis l'escalier en fer noir, tu entends ton père qui siffle, qui semble heureux en montant, devant toi, les marches. Et tu suis, les yeux au sol, de peur de tomber.

Puis une porte s'ouvre, une énorme brassée de chaleur t'attrape. Ta valise pèse, on dirait. Du haut de tes huit ans, tu cherches la ligne d'horizon. Derrière la porte ouverte, tu jettes un œil, mi-inquiète, mi-excitée. Tu ne bouges pas, tu n'es plus chez toi. Les tentures vertes et les divans damassés ne te rappellent rien. L'atmosphère autour te paraît sans écho. Il te manque un peu de sel à te mettre dans les veines. Tu sens ton cœur à ton cou, tu baisses de nouveau les paupières pour constater que tes pieds ont laissé des traces. Le parquet est mouillé depuis le seuil de la porte.

Papa s'est animé. Il a mis sans tarder un air d'opéra sur le tourne-disque, j'avais encore ma valise fleurie et pesante entre les mains qu'un quelconque Caruso qui chantait mille fois moins bien que mon père hurlait à tout rompre entre les murs du maître de ces lieux. Puis dans un geste ample, papa a ouvert les tentures, les lourdes tentures ; il a fait un peu plus clair.

Je me tenais muette au milieu du salon, je mâchais du silence. Les choses dégringolaient. En fait, c'était l'âme qui chutait, un maigre bout d'enfance qui se perdait. Incapable de nommer cette impression à peine obscure du manque, j'ai murmuré « j'ai faim ». Tout ce temps sur la route m'avait affamée. J'ai vu, aux yeux de papa, qu'il n'y avait pas songé. Il m'a souri. Ne s'est pas excusé; un fin mélange de tendresse et de lassitude, presque rien, a recouvert ses traits, ça donnait à mon père une physionomie que je ne lui connaissais pas. Il arrive en effet que l'essentiel nous soit révélé par un détail : une paupière tremble, une bouche se tend et voilà le plus intime de nous délivré. Papa m'avait promis un voyage à Montréal, je séjournais maintenant sur ses terres, ce n'était plus ni rêve ni vague projet, nous allions vivre ensemble sous un même toit une semaine durant, et papa, capturé par sa propre capacité à inventer des histoires, trop occupé au jeu des mimiques et des tournures flamboyantes, avait négligé de préparer concrètement ma venue. À l'instant, cette constatation et cette responsabilité lui lacéraient le visage. Je n'ai pas saisi tout ça, j'ai constaté qu'avec une moue étrange, papa, soudain roi nu à mes yeux d'enfant, farfouillait dans le réfrigérateur à la recherche d'un truc à mettre sous la dent d'une fillette, la sienne. Manifestement il n'y avait rien.

J'ai pensé aux deux pommes que maman nous avait offertes avant que nous l'abandonnions.

Tu as huit ans, une robe mauve à carreaux cousue par ta mère, des nattes brunes jusqu'à la taille, et tu penses à une pomme. Et tu ne sais pas pourquoi, mais on dirait que c'est triste.

Nous avons marché jusqu'à un restaurant. Papa s'est souvenu que j'aimais les frites, ça m'a rassurée. La fatigue ou la peine qui m'avait égarée s'est envolée. Les pères ont souvent des formules magiques, des raccourcis. Un jeu de cubes, deux trois sauts de puce, un hurlement de sirène qui fait tressaillir, un voyage dans une boîte de carton ou sur les épaules et l'univers bascule pour goûter le chocolat ou le sucre mou. Leur façon d'aimer, moins laborieuse que celle des mères, me paraissait tout aussi efficace.

Le restaurant me plut, j'ai mangé plein de frites avec un énorme tas de viandes roses plaqué entre deux minuscules tranches de pain jaunâtre sous l'œil goguenard d'une grosse femme qui de toute évidence connaissait papa.

— C'est la vôtre, cette jolie dame?

Jolie dame. Pas besoin de le préciser, j'étais ravie.

— C'est la mienne et ma seule.

La seule. Pas besoin de le préciser, j'étais doublement ravie. Mon père souriait. Il faudrait immobiliser certaines scènes pour que dure la joie, pour éviter les refuges obligés dans la mémoire, après.

Nous sommes revenus dans l'appartement de mon père. Il faisait noir depuis déjà longtemps. À l'intérieur régnait une vigoureuse odeur de parfum, une essence fleurie, que je n'avais pas perçue en début de soirée. Nous avons découvert une note sur la table; quelqu'un était venu, à notre insu. J'ai vu affleurer un rictus sur la figure de mon père. C'étaient, avait-il prétendu, quelques gribouillis de Lorenzo, son coach, un mélange d'anglais, de français et d'italien.

Après plusieurs chatouilles, j'ai dormi. Une reine sur le divan! Les mains qui courent sur la peau, apaisent et retournent le cœur. Ici l'âge ne compte pas, c'est nous savoir élus qui compte. Le ventre se nourrit de caresses, chaque geste nous délivre des manquements, des faux pas, de toutes ces fois où la pluie nous a traversé les os. La vraie vie se tient là. Ainsi, plus tard, malgré la peur, j'ai moulé mes hanches aux valses des oiseaux, à leurs plumes et à leurs coups de sang.

La peau. Rien d'autre. Seule croyance. Juste la peau, la grisante rumeur des corps qui s'appellent et se repoussent. Cette réponse unique. Connivence et fête. Vous dire le bonheur, la douleur aussi.

Tu as huit ans, tu ne saisis pas tout cela. C'est seulement le temps d'engranger, de s'endormir sur un divan crème et de toucher aux étoiles. C'est l'heure de rêver aux Écossais, d'imaginer des lis aussi gros que des arbres, de s'étonner devant des escaliers couleur encre qui s'enroulent autour des résidences comme des colimaçons. C'est le temps de croire au père et à la mère éternels.

Mais l'enfance m'aura quittée très tôt. Pour l'enfance, je n'étais guère douée. On apprend toujours par le cœur, aussi il se peut que dans la foulée de nos récitations, l'insouciance s'émousse, si bien qu'à huit ans si « l'on ne sait pas cela », on sent cela. Et c'est du pareil au même. Le bonheur, la douleur, l'amour, la peur, la vie, la mort, le père cueilleur d'illusions puis le père qui déclare devant toi un matin en changeant l'eau de son poisson rouge, dans son logement montréalais :

— Regarde, ma puce (à cet âge, il m'appelait toujours puce, plutôt que Luce), ce poisson-là, c'est mon petit Sainte-Anne-des-Monts.

Et à ce commentaire tu perds pied, car toi, tu détiens la certitude qu'il n'existe qu'un Sainte-Anne-des-Monts qu'on ne peut et ne doit pas recréer, celui à l'Est qui sent la mer, le vent et l'austérité, celui où tu résides, celui où tu attends, semaine après semaine, ton père qui chante au bout du monde. Tu ne vas pas pleurer, c'est scandaleux évidemment, ça te plonge encore du côté de l'inquiétude, mais tu es bien trop heureuse d'être là pour l'instant, loin de la maison, avec cet homme, ton homme à toi, pour te laisser dévorer par une phrase lancée avec négligence, néanmoins tu estimes de nouveau que les adultes ne comprennent rien et qu'ils décochent parfois des sottises, même les jours où ils supposent qu'ils font plaisir.

Seulement l'enfant oublie vite. Surtout quand il a un père enchanteur. Et j'avais un père enchanteur.

Le lendemain matin, papa n'avait qu'une idée, m'amener visiter l'église de... je ne sais plus quel nom. J'ai cinquante-deux ans et, assise devant la mer, aujourd'hui, je pourrais presque décrire par le menu détail toute cette journée passée au bras de papa, mais je ne me souviens plus de quelle église il s'agit. Nous avons marché, il me semble, un long bout de temps dans les rues de Montréal, puis j'ai pénétré dans un lieu enchanteur qui m'a profondément bouleversée. Bon, c'est vrai, on ne montre plus d'église aux enfants, les églises, ça n'intéresse plus personne sauf les amateurs d'art et quelques nostalgiques, pourtant ce souvenir-là, l'un des plus riches dans ma mémoire, me prouve, hors de tout doute, que la beauté appartient pour toujours à ceux qui y goûtent.

Bleu. La lumière bleue. Immense. Sans commencement ni fin. Les vitraux que le soleil troue, la clarté baignée d'un halo de mystère, cette clarté partout qui enveloppe, aveugle, ébahit, les statues obsédantes, la voix du père qui explique, qui s'emballe, et mon souffle court, coupé, et mon cou qu'il me faut soumettre aux contorsions et élévations pour comprendre, pour tout voir parce qu'être éblouie et innocentée paraît la seule voie possible en ce jour. Je connaissais l'immensité, celle de la mer, celle qui opère par soustraction, accumule le vide, je connaissais la démesure du fleuve pas simplement parce que j'étais petite devant lui, mais parce que je pouvais à ses côtés, malgré sa voix qui grondait, rêver sans fin. Toutefois, dans ce lieu de culte, il s'agissait d'autre chose, de plus silencieux et paradoxalement de plus chargé. Rien à voir avec l'église de notre village, pas modeste pourtant. Bof! Peut-être les mots de papa rajoutaient-ils à la magnificence? En vérité, j'ai cru que Dieu se tenait là, au milieu de nous. J'estime aujourd'hui que j'ai été, à cette minute, touchée par la beauté. Dessaisie. Je le sais, parce que je me suis tue. Si l'étrangeté, éphémère, réclame des mots, le dessaisissement noue avec le premier atome et le silence.

Et avouons-le de toute manière, papa, lui, se montrait intarissable, habitué plus que moi, je suppose, aux enluminures et au plaisir. J'eus droit à ma première leçon d'architecture. Oh ! je n'ai pas tout retenu, j'ai mis quelques années pour y voir clair, cependant j'ai appris que jadis Fibonacci avait conçu le rectangle d'or, cette figure géométrique qu'il jugeait être la plus harmonieuse à l'œil. Il semblait que, siècle après siècle, nombre d'architectes intrigués s'en étaient inspirés, preuve d'une beauté mesurable, que nous n'avions qu'à reproduire. Puis de digression en digression, d'emballement en emballement, j'ai emmagasiné mille détails à propos de la parfaite machine qu'est la nature ! Le charme chronométré des vagues de la mer, la disposition en spirale du coquillage à loges de l'argonaute, les prodiges de construction que sont les formes étoilées à six rayons des flocons de neige, la diatomée plus sculpturale qu'un vitrail savamment travaillé, le plumage des oiseaux miroitant comme les robes sans coutures des gitanes qui ondulent sous la lumière oblique, tout. Tout sur l'exactitude des proportions et l'équilibre des volumes. Le nez régulier de saint François d'Assise, le triangle exemplaire des yeux et de la bouche, la ligne du cadre dans la nef, sa manière d'occuper l'espace, d'opérer un angle droit et combien admirable avec le tabernacle, la pureté de la nappe blanche tranchant somptueusement avec l'or du crucifix sur l'autel. Les formes irréprochables. La finesse des lignes. L'ordre du monde.

Papa exultait.

Et je m'immobilisais là pour écouter cet homme qui me désignait le sommet de la montagne.

Il n'était plus nécessaire de porter plus loin mon poids de question. Là, dans cette église, mon père donnait les réponses. Plus tard je pourrais, y songeant, rassembler mes forces, même celles que j'aurais abandonnées parmi les chemins abrupts. En cet instant, seule comptait la joie pure sans l'ombre d'un tourment. Papa serrait ma main. C'était réel. Exact. Je me mirais dans ses yeux. Son visage : ses lèvres irréprochables, son sourire, ses cheveux en boucles qui simulaient les auréoles des saints. J'ai pensé : « Le tableau est parfait, rien ne bouge. » Et je supposais, sans doute aidée par ma mère qui, avant moi, l'avait cru, que le bonheur était immobile. Aussi je réclamais en pensée un bedeau, un inconnu, quelqu'un qui fermerait à clef les lourdes portes de cet édifice nous condamnant, papa et moi, à demeurer au milieu de ces joyaux pour le reste de nos vies, admiratifs, arrachés pour toujours au spectacle insipide du quotidien ! Remués par tant de splendeur, nous allions nous tenir côte à côte, ivres. Car la beauté fait battre le cœur et inspire l'amour. Dorénavant, Montréal avec ces maisons de briques rouges, ces escaliers spiralés comme des coques et ces sirènes qui hurlent à la lune se résumerait à la main de papa dans la mienne. Le nirvana !

Cependant, ce type d'émoi toujours s'esquive, il devient décalque sur l'esprit, pâle rêverie sans ancrage. Le mouvement de la jupe de Marilyn dans un coin du cerveau, le parfum d'un homme qui vous a renversé le corps avant de fuir, la vision d'un fleuve azuré, mirage, jet de poudre rose en déroute dans le firmament. Toutes manières un peu bêtes de survivre.

Combien sommes-nous, pendus à notre galerie d'images ?

Comme elle paraît superbe, cette femme aperçue à la dérobée sur le quai d'une gare, cette amazone à la peau ensoleillée qui vous hante les soirs de disette, après que le jour a essoufflé vos errances ! Et cette autre aux lèvres pleines qui patientait au bar, hier, vous avez tressailli en la dévisageant, à l'instant même vous la magnifiez, nul doute, vous avez croisé Vénus. Vous avez tressailli parce que vous soupçonnez que toute beauté se construit sur un fond de nostalgie, reliquaire de fascination et de détresse conjuguées qui tantôt vous rassérène, tantôt vous perd et vous retourne telle une lettre d'amour qui enchante l'imaginaire, le déporte, tue les velléités de ce monde, console de la chute d'Icare, mais vous renvoie d'un coup à votre vulnérabilité. Notre incroyable finitude.

Ce combat par avance : perdu. La mort est laide.

Rien à dire. À propos de la laideur, rien à redire. Rien à faire.

On est jeune, on se promet de changer la vie. Au fil des ans, on doit noyer ses aveux et ses croyances dans sa défroque. Au fil des ans, on bourlingue, dépouillé. Mais parce qu'un reste d'entêtement continue sa route en nous, on se prend à questionner les alentours, à la recherche d'un repère, d'un petit signe sur une paroi pour corriger tous les angles gris fer du ciel, oublier nos deuils quotidiens et se moquer du soir. Et puisqu'il nous faut quelques couches de roc sous les pieds, on rêve encore. On réclame un peu de beauté. Dès lors la raison s'enflamme de nouveau pour sceller une alliance avec ce qui nous dépasse et nous transmue. On se dessine sa chapelle Sixtine, sa cathédrale que le temps, projette-t-on, ni ne traversera ni ne dominera. On balance par terre l'absurde, on endigue l'été entre ses doigts, on transforme les pigments noirs du fleuve en Voie lactée, on plaque du divin entre deux nuages, on pare sa peau d'un peu de foi, prêt à se laisser distraire par broderie et apparat, prêt à se soustraire des terres stériles et assoiffées. On se gave autant d'étrangeté que d'intensité. On crée, on ment. Et la tourbe prend feu. Puis ça recommence.

Sans prévenir, quelque chose remonte dans la salive, qui vient du vent, qui vient des pierres et du pain sec. Mystifier dure un moment. On ne se suspend pas durant toute son existence aux cimes, on laisse tomber la main des anges, on revient au gravier, au sentier clos.

Papa, au sortir de l'église, m'a amenée souper avec Lorenzo et sa femme, Lauretta. Lauretta avait des seins terriblement visibles. Dans sa robe rouge moulante, la blonde Italienne montée sur des escarpins trop hauts avait presque choqué, à l'époque, du moins gêné la gamine que j'étais. Pour la première fois de mon existence, je mesurais l'espace qu'une femme qui se permet d'être belle peut prendre et surtout je découvrais, ce soir-là, un autre papa. Ce n'était plus tout à fait un papa, c'était un homme. Cela m'était apparu affligeant. Je crois que je m'étais sentie seule, quoi de plus normal ; ils étaient trois adultes, j'étais l'unique enfant.

Ils riaient fort, leurs volées de gestes, leur tapage incendiaient les tables aux alentours et me jetaient dans une solitude qui, comment la décrire, allait trop vite. Leurs voix insolites, en bourdonnant, s'entassaient dans mes oreilles. Préoccupés de briller, mon père et ses invités n'entendaient pas mon silence réprobateur. Quand l'enfant se tait, sa pensée souvent se nourrit de ses revers les plus âpres ; toutefois, les adultes employés à se distraire négligent de se montrer attentifs aux accablantes échappées de non-sens qui, un jour ou l'autre, frappent l'espèce humaine.

Assise près de papa, je les regardais déguster des plats dont j'ignorais même le nom. Le temps s'étirait. Il semble si long, le temps de l'enfance. L'éclairage tamisé colorait d'ocre tout ce qu'il effleurait ; les contours du visage de Lauretta s'en trouvaient magnifiés. Avec quels mots dépeindre cette présence, cette femme qui batifolait dans la douceur de l'air, confirmée par la clarté ? Charme, élégance, façon de porter la tête, de ne pas se cacher, manière de respirer ? Beauté lumineuse ? Je ne mesurais pas tout cela à l'époque, je trouvais le temps long ou quelque chose comme ça. Je rêvassais. Penser m'absorbait ; je devais sentir que c'était mieux du côté où ce n'était pas vrai. Pour saper la lassitude, je me remémorais la main de mon père qui, se moulant à la mienne à l'église, me gardait au chaud, au beau. Ce n'était pas vrai à cet instant, mais ça l'était un peu. Il y a plein de souvenirs qui empêchent de pleurer et personne ne pouvait m'en vouloir d'essayer de tuer ma peur, une étrange peur sans motif qui me labourait les côtes, qui s'éternisait là peut-être parce que je saisissais que j'avais encore beaucoup de vie devant moi.

Je voyais mon père, en Gaspésie, accroupi, avec son enfant adorée, sur la plage, devant un minuscule feu de grève qu'il préparait avec un zèle aussi surprenant qu'excessif, mais qui s'essoufflait trop vite pour moi. Puis d'autres éclats de mémoire montaient sans que je les appelle : nous deux pêchant sur le quai du village, papa appâtant ma ligne pour m'éviter d'avoir à glisser mes doigts dans la boîte de fer-blanc où grouillaient, à travers la terre noire, des vers gluants. J'étais toujours la seule fille, entourée d'une bande d'hommes, les mêmes, des personnages qui refaisaient le monde ! C'est précisément ce que papa aimait. À l'opéra ou dans notre village, des créatures immenses, démesurées, des métaphores vivantes. Ces Miville, Bernachez, Saint-Laurent et le bonhomme Servant, le plus loquace, le plus coloré, le plus futé des dix. Tous ces visages dont les yeux chargés de reproches épiaient le fleuve et ses brefs et attendus cercles dans l'eau qui signalaient la présence d'un poisson agrippé à la canne à pêche de ces mâles. J'étais là sur le quai, en réalité, je m'amusais à n'être plus tout à fait dans ce restaurant, en perdition, m'efforçant de repousser ce que les heures ravissent. J'ignorais qu'entre ce moment et l'instant où je tiendrais la main de maman en suivant le cercueil de papa, un peu moins de sept années s'écouleraient. Vivants et mortels, nous sommes.

Papa est mort, j'avais quinze ans.

Et Lauretta avait des seins terriblement visibles. Parmi les souvenirs de mon père, j'ai découvert des photos de Lauretta et un lot de lettres enrubanné qu'elle lui avait écrites. Lauretta n'était pas uniquement la compagne de Lorenzo, mais l'autre femme de papa, celle qui laissait dans les domiciles une signature aux effluves fleuris, celle dont les cheveux ondoyaient avec volupté sur ses épaules. Bien sûr. C'était prévisible. Comment un homme qui chante et dévore le vent sur la plage aurait-il pu se contenter d'une vie rangée ? Comme j'avais été sotte de ne rien comprendre, mais j'étais jeune, et si, en bas âge, les filles se mettent à douter de leur père, que leur reste-t-il ?

On perd vite nos certitudes à propos du bonheur. *Ils ne sont pas si grands qu'on croit, les parents, à peine un peu plus grands qu'un noyau de cerise, tout dépend de la terre où on les a mis, c'est sans fin cette histoire, mon cœur, c'est sans fin.*

L'harmonie se dérobe et dans son sillage, quelque chose de la douceur nous abandonne. De crainte que toute beauté ne la quitte, ma mère avait appris à se réserver. Elle discourait sur les bienfaits d'une vie calme, réglée, d'un décor aseptisé qui aurait mimé une réalité impeccable, sans taches, dépouillée d'infortunes. Le paradis. Selon maman, la beauté, invention de l'esprit, se disciplinait. Il s'agissait d'en contrôler les mécanismes. Maman craignait les emportements, les dérives. Elle ordonnait, disposait, classait, agençait avec méthode, préférant saisir que d'être dessaisie. Pour autant réclamer l'ordre, il fallait bien que la brisure l'obsède! Sans doute maman pressentait-elle l'immensité d'un abandon. Elle s'était mariée avec un chevalier errant, un homme de grands espaces dont l'offrande était la fuite, elle le savait. Toute la vie de papa racontait combien nous devions impérativement nous gaver de ce que le ciel prodiguait avec générosité, même Verdi et Wagner, oui Wagner le tonnait! Les coups de théâtre, la fougue, les amours rédemptrices, le sacrifice, la débauche, la sainteté, cette irréconciliable opposition, cette semblable, pourtant, démesure! Toute la vie de papa réitérait qu'une figure lisse ne présente aucun mystère, qu'il faut de la boue sur un visage, de l'angoisse sur une motte d'argile, un grain de poussière dans un recoin du monde, un rire sauvage, une escapade, une envolée de notes dans le calme du matin pour tuer cette froideur un peu raide et rendre à la beauté sa part d'indéchiffrable.

Mon père avait opté pour la liberté et le chant, maman avait fait des dièses et surtout des bémols sa spécialité, une majeure en armure en quelque sorte. Un rôle ingrat. Pendant qu'elle espérait que le poème coule de source, que rien ne vienne ternir la suite des jours, sauvage, papa cultivait d'autres écarts.

Et Lauretta, avec son corps gorgé de rires et sa robe rouge, avait embrasé les yeux de papa. Comment cela avait-il commencé entre eux? Comment cela commence-t-il?

Cette chose perdue d'avance, innommable, qui s'attarde en dedans, qui, du fin fond de la nuit, illumine.

Était-ce l'ennui? La lenteur d'une fatigue qui serait descendue sur papa, une vision obscure, la distance entre lui et maman, les gestes coutumiers couverts de cendre, la grisaille des photos de famille, un certain poids dans la poitrine ou l'ivresse, le souvenir de l'ivresse, la face ombrée d'un amour évanoui et l'envie, là, de se sentir au plus vivant de soi, travaillé par les battements du cœur, capturé par le désir de conquérir, de mener doucement l'autre à la reddition en espérant être regardé avec admiration, porté par de nouveaux yeux toujours plus bleus. À moins qu'il s'agît pour mon père, avide d'éternelles voluptés et combatif, d'obtenir ce qu'il souhaitait. Papa ne craignait guère l'interdit. Et le cœur, c'est fatal.

Je n'ai pas cherché à comprendre, je risquais de ramasser encore un peu de pourriture dans le sang ; néanmoins la mort de papa, comme toute souffrance, rendit plus visible tout ce qu'il y avait entre nous. Et tout ce qui manquait. Après un bref inventaire des vents et des déluges, et connaissant la prédilection de mon père pour les histoires, je ne suis pas parvenue à éviter cette réflexion, cette petite blessure insensée : quel bonheur cela avait dû être pour papa de pouvoir nous mentir, de pouvoir inventer un monde alors que nous étions loin ! Et papa se tenait toujours loin. Sainte-Anne-des-Monts, c'était aussi à l'autre bout du monde pour Lauretta. Papa fatalement disparaissait. Et nous nous tenions toutes là, ses femmes, un peu tourmentées, constantes pourtant, avec dans les mains un souffle de poussière. Sa forme évanouie. Peut-être la patience de maman ressemblait-elle à la patience de Lauretta. Un très vaste ennui pour le même homme.

Quand j'y réfléchis, ma présence au restaurant ce soir-là dut sembler, à cette époque, audacieuse, d'autant que Lauretta n'avait pas amené sa fillette Camille – une enfant de cinq ans ma cadette que j'allais connaître bien plus tard –, mais lorsqu'on a huit ans et qu'on ne soupçonne presque rien des aventures des grands et de leurs soifs, on conclut que son papa s'occupe trop de Lorenzo et de Lauretta et pas assez de sa fille, surtout quand l'endroit où l'on se trouve paraît obscur et qu'on nous sert des trucs qui ne ressemblent pas du tout à la bonne nourriture de notre maman. En conséquence, on attend. Comme une fille raisonnable, on avale ses mots. On ne comprend pas encore que le cœur est un animal étrange. L'angélisme nous guette toujours un peu, même si la fatigue et la douleur d'une mère nous ont atteinte.

Une partie du retour vers Sainte-Anne-des-Monts s'est effacée de mon cerveau. Ai-je sommeillé, bercée par le roulis de la voiture, le cou cassé, le menton contre mon carré de camphre que maman avait épinglé à ma camisole ? Sans doute papa a-t-il chantonné. Je me souviens d'avoir tenu un long moment, sur mes genoux, une boîte de biscuits au chocolat. Eh oui ! Nous sommes aussi passés chez Archambault (rebaptisé par papa Chez chant beau), nous avons acheté une partition de piano pour ma tante, puis l'auto a fait escale devant une boutique sinistre et négligée où s'alignaient sur des étagères, des centaines de statuettes entassées les unes contre les autres. Un très vieux monsieur, tout aussi sinistre et négligé, marmonnait des monosyllabes lorsque papa risquait une question. Nous avons rapporté une Sainte Vierge phosphorescente, à première vue couverte de poussière, pour maman. Oh ! papa a dû l'épousseter avant de l'offrir, il démontrait trop de chic pour donner une figurine au teint cendreux. La statuette avec sa robe bleue trône encore sur le chiffonnier dans le décor fané de la chambre à coucher de ma mère. Elle n'a plus de visage. Strictement une forme.

Je ne sais plus trop quand la vie de ma mère a fini de jouer. J'ai essayé de ne pas y réfléchir.

Précaire, l'existence des filles doit se purifier de celles des autres, sinon la mélancolie les dévastera. Et les jours médiocres, répétitifs glisseront, sable entre leurs doigts. Lundi, mardi, mercredi, jeudi, vendredi, samedi, dimanche. *Trois fois passera.* Si facile de manquer le bonheur.

Il suffit d'une distraction, comme on manque à l'appel. Une joie passe dans l'air, file. C'est du vent qu'aucune main n'emprisonne.

Une fois chez nous, la vie a repris son cours : ma mère, son inépuisable capital de peine, ma dévotion pour cette femme qui pensait aux pommes, ma tante, sa discipline, le tintement de ses talons, le piano, la musique ratatinée, les biscuits au chocolat, les devoirs à la table, les mots croisés, les mots tus, l'ennui, le filet d'écume en bordure du fleuve, les cris assourdissants des mouettes, l'espace, l'odeur saline de cet espace, les clous de pluie contre les vitres, la farine répandue sur le sol, le levain, le pain qui gonfle dans le four, les séances en bas de laine pour cirer les parquets, *Les Joyeux Troubadours* à la radio, les rires étouffés des filles dans la cour de l'école, les moqueries des jumeaux Paquet, le chien Carabine, le cœur de madame Brisebois et les allées et venues d'un beau chanteur. Mon papa messie, mon papa fou.

Il me semble pourtant ne plus avoir ressenti la même fébrilité quand notre homme rentrait de ses consacrés séjours à Montréal. Ainsi toute magie se rompt-elle ? On se lève un matin, on sent qu'une éclipse du soir s'est échouée en soi. Nulle ombre n'en témoigne, seule une impression persiste, vague langueur à laquelle le corps cède. S'agissait-il d'une certaine déception amoureuse greffée à quelques vieux doutes qui s'empilaient en moi ? L'affaire du poisson rouge peut-être, ces deux trois mots sur Sainte-Anne-des-Monts, lancés sans réflechir par papa et qui avaient fait battre plus fort mon cœur. Certains sons continuent de descendre en nous, saisis par le vertige, ils découvrent la brèche où s'installer, on appelle ça des drames intimes.

Je ne suis plus retournée dans la métropole, préférant loger du côté de celles qui attendent. Gardiennes de phares. J'ai délaissé la petite fille qui, dans sa chambre, s'embarquait sur les flots démontés de la mer ou celle qui préparait ses bagages. Il est probable que je me demandais où aller, sans doute savais-je de moins en moins d'où je venais. Montréal ne symbolisait plus la ville excitante où papa résidait, Montréal évoquait un lieu de passage où m'avaient été révélées quelques facettes neuves, inattendues de la vie de mon père, un récit inachevé, une escapade qu'avaient teintée quelques déceptions indéfinissables à l'époque, mais obscurément présentes.

Je ne me rappelle pas que maman ait été curieuse de savoir ce que j'y avais fait. Ma mère questionnait peu, trop peur des réponses. Elle préférait supposer que le monde se limitait à ce qu'elle connaissait. Découvrir, laisser l'inconnu la traverser menaçait de saper son ordre, ce temps dépensé à dompter la matière, cette précision qu'elle avait démontrée en classant le monde.

Jamais maman n'a séjourné à Montréal, jamais elle n'a assisté au concert de papa, sauf celui diffusé à la télévision. Maman avait pris l'habitude de manquer d'air. Plus tard, je lui ai demandé pour quelles raisons elle avait préféré patienter, sans bouger. Elle m'a murmuré avec son caractéristique soupir : « C'était trop loin puis j'avais trop de travail à la maison. »

Je devine que, pour soustraire à son oreille quelques blessures anciennes, maman, à l'inverse de papa, revendiquait du silence plutôt que des arias ; pour tous deux, c'était une manière particulière de se préoccuper de leur chagrin respectif, comme la lie au fond de l'amphore doit reposer afin de conserver le vin agréable. On a tous besoin d'une mesure d'oubli.

J'ai cru que j'avais mis des années à saisir ma mère, en revanche j'ai détesté longtemps la facilité que j'avais éprouvée à comprendre papa. Ou plutôt à supposer que je l'avais compris, car les filles ne possèdent pas une idée très juste des pères, un bel amour les égare.

C'est un peu toujours ça l'amour, une façon de se perdre, de dériver. Poudre sur l'inquiétude sourde, sur les désordres de l'enfance, joyeuse construction qui débusque le banal, l'ennui ou le mal qui couine comme une fenêtre béante en plein hiver. Aimer nous absente. Ainsi, ces choses soudain étrangères qui nous appartenaient ne nous appartiennent plus. Les affaires courantes sur la planète, le sombre alignement des corneilles sur le fil téléphonique, tout cela se métamorphose avec la clarté venue. On respire autrement. On hisse son regard et l'horizon flamboie. Pour peu, on oublierait que le rouge est une couleur qui passe.

Troublante cette aptitude que nous avons de nier nos appréhensions, nos parcours, saison après saison, uniques et solitaires. Aimer nous distrait, nous apaise. Un temps. Mais il faudra le dire, un matin, devant nos peaux écorchées, rappeler qu'aimer c'est sans fond.

Pas à pas. Mot à mot. On va, on vient. Un soir, on revient avec la certitude que cette route-là, on ne l'empruntera plus, plus de cette façon, plus avec ce visage soudé à la mémoire, ce visage, ces mains qui nous ont renversé le corps.

J'aurais voulu être fidèle, glisser mes bras autour d'un cou, déposer ma tête, mon cœur, filer en ligne droite jusqu'à ce singulier passage qui ne mène sans doute nulle part, mais l'idée de donner ainsi ma vie m'asphyxiait. Aussi ai-je aimé Daniel, Marc, François et les autres. Les uns grattaient la guitare, les autres chantaient. Et nous mentions tous. L'amour comme la beauté l'exigent.

Pourtant voilà, le rouge est une couleur qui passe, un jour le cœur cesse de battre.

Et les pères meurent. Le cœur, c'est fatal.

Mai.

Je revenais de l'école. Quand j'ai fait irruption dans le salon, j'ai trouvé maman et ma tante effondrées.

Les deux en larmes sur le divan. D'un coup, mes genoux se sont mis à trembler. Ma mère a relevé son visage, elle a dit : « Ton père est mort. » Ma tante a répété : « Ton père est mort. » Je n'ai rien répondu. Je les ai juste détestées.

Je me remémore le tremblement du paysage, de l'autre côté de la vitre dans ma chambre. La mer, brisée, infiniment.

Mouvement nauséeux. Qui dévorait toute ma vie tandis que la présence obscure de mon père, partout, entrait en moi, glissait dans mes veines.

Son éternel silence.

Mon sang tambourinait contre mes tempes. J'ai répété dans ma tête : « Papa est mort, papa est mort. » Je tournais autour de ces mots. Un colossal trou aux alentours de mon ventre. Le chaos parfait.

Mes yeux faisaient le tour de la pièce, fixaient le peigne et la brosse, en ordre et en plastique blanc, risibles sur le napperon amidonné de la commode. Une idée à peine évanouie de l'enfance, de mes longs cheveux – toison pour le vent, le soleil, la liberté –, domptée en tresses et attrapée par l'ombre et la discipline.

Ma vie se moquait de la vie.

Perdue, dans cette chambre, je cherchais un objet à aimer.

Plus de chemin ni de bras.
Mon univers sans mains.

Mon père : je ne l'avais pas vu comme je l'aurais souhaité. Il était trop tôt pour perdre papa. Toujours trop tôt pour perdre son père.

Ça ne devrait pas finir comme ça. Une vie, un amour.

Tu vas me manquer, papa.

Naître, toucher, mourir.
Tu vas me manquer, papa.

Je suis sortie de la maison, me suis assise dans le vent qui me traversait, devant la plaie béante du fleuve et le ciel devenu inutile. Flottait dans l'air une odeur de poissons qu'on éventre. Je me suis étendue à même le grain du sable. L'eau léchait les pierres. Toucher, mourir. J'avais envie d'attirer toute cette eau vers moi. L'envie d'un raz-de-marée qui renverserait tout.

Des mots enflaient en moi, des mots restés là en travers de ma gorge, plusieurs phrases, à l'endroit de papa, venues trop tard... à peine. Tendresse informulée. J'ai tenté de crier, de porter l'écho au loin vers les Chic-Chocs, je me suis tue, soupçonnant que l'écho lui-même deviendrait montagne.

De ce fait, ma voix encore perdue et nulle part. Dérision de survivre.

Il s'est mis à pleuvoir, une pluie terreuse et salée qui mêlait le sel de la mer à celui de mes larmes et dispersait l'envers soluble de mes prières. Je me préparais pour une nuit très longue. Par désœuvrement, j'ai pensé aux épingles que je m'amusais à glisser sur le bout de mes doigts quelques années plus tôt. Ni douleur ni sang. Que des doigts blancs, sans vie.

Une fois rentrée à la maison, je n'ai rien dit. Je n'avais pas confiance en mes mots. J'ai préféré obéir aux consignes, pour me dépouiller du terrible vertige qui me tenait en joue, j'ai suivi à la lettre les demandes de ma mère et de ma tante qui semblaient avoir retrouvé leur esprit et leur habituel besoin de régenter. J'ai obéi.

Un midi, un long corbillard nous a ramené le corps de papa. Violent coup de pelle sur le dos.

Je ne me suis pas étonnée du fait que Lorenzo ne soit pas du voyage. J'ai trouvé normal que cette douleur-là soit la nôtre et uniquement la nôtre. Plus tard, j'ai appris qu'à Montréal Lorenzo, Lauretta, sa fille Camille et tout l'entourage de papa avaient organisé une cérémonie en son honneur.

De notre côté, nous avons fait ce qu'il fallait.

À l'église, des chants divins et douloureusement beaux remuaient l'âme. Je n'y étais pour rien. Ma tante et ma mère assuraient, pendant que moi, je fabriquais du venin et du feu avec la nuit, la pierre et mes pensées.

J'étais effrayée par la vision du dernier instant, quand le cœur lâche et qu'on touche à je ne savais quoi. Mon cerveau consumé par l'esquisse insensée d'une tombe. J'imaginais papa sous la terre, ce premier homme que j'avais aimé. Toute cette épaisseur d'absence. La terre ne cache pas tout.

Papa. L'absolu mystère d'un sourire évanoui qui s'en va, ne revient plus.

Nous n'avons plus parlé de mon père. Le couvercle du piano est demeuré clos, ma mère s'est occupée à souffrir, ma tante a fui vers Montréal, je suis demeurée au milieu de la demeure, au milieu du néant, encombrée de mots.

La présence obscure d'un père qui nous a quittés reste. C'est physique. Je n'ai plus vécu de la même façon après.

C'est comme errer tout près d'un mur de froid.

Je m'étais habituée à ses absences, pas à sa mort. Papa n'avait jamais été mort auparavant. Et à l'école, on m'avait appris que Dieu ressuscitait.

La mort, on n'y croit pas. Bien sûr l'homme est précaire, appelé à revenir au lieu même d'où il est parti. Brusquement et de façon inexplicable, il peut se retrouver de l'autre côté, plus loin que le sommeil, là où les vieilles étoiles tombent ; toutefois, voilà une notion que l'esprit s'empresse de réfuter. À l'époque j'avais nié beaucoup de choses, je n'avais pas même réfléchi au fait que le décès de papa laisserait ma maman seule pendant près de quarante ans.

La mort de mon père et le soleil, c'était semblable, je ne pouvais pas les regarder en face. Et si l'humain est précaire, un papa qui chante chante pour l'éternité, pour l'appeler ou pour la retenir. Son charme tient d'ailleurs à ce don. Les êtres que nous aimons nous mentent tous sans façon ; la vie qu'ils nous proposent nous grise, sans rien craindre nous leur donnons la main. Tricher, même seulement un peu, apaise.

À cette époque, Daniel, avec sa tignasse, ses mains de fille, sa liberté rieuse et sa guitare, m'a conquis. Il résidait chez ses parents, dans une maison toute semblable à un observatoire, en haut de la butte, où les sapins fouillés de lumière s'affolaient les jours de mauvais temps. C'était une maison pleine de bruit et d'enfants, avec une large part pour le désordre et la vie. Tout me plaisait dans cette demeure, même l'horrible palmier en plastique avec son singe, même le frère de Daniel, ce grand costaud un brin prétentieux qui sculptait son corps à coup d'haltères et de contorsions avec la certitude de le rendre parfait. J'aimais tout et, par-dessus tout, la mère de Daniel, cette femme immense, remarquable avec ses hochements de tête désordonnés. Elle parlait fort, badinait, gloussait en rigolant, on la voyait affublée du matin jusqu'au soir de tabliers salis. Elle allait et venait dehors, dedans, dehors, parmi chats, chiens et lapins, attentive aux activités de son homme qui se tenait là non loin sur leur terre, terre ingrate et ensemencée de carcasses d'automobiles. J'affectionnais cette famille. J'adorais les yeux du père de Daniel qui, juste à me regarder comme ceux d'un père, mouillaient les miens.

Derrière leur demeure, en plein champ, j'ai dormi, pour la première fois, le nez plaqué à la nuque d'un jeune homme, dans les senteurs de campagne qui montaient de la terre. Daniel, sa légèreté, ces heures volées à la surveillance de ma mère ! Toutefois c'était l'été, et l'été passe. Celui-là est disparu sans faire d'histoire.

Qu'importait, je n'avais jamais apprécié l'été. J'espérais, année après année, retrouver les copines à l'école, reconquérir, avec septembre, cette vie qui avait filé, léguée quelque part à l'austérité de notre résidence toujours à mille lieues d'une quelconque animation. Le plaisir chez nous prenait des allures disgracieuses. On le jugeait chahut. Le tintamarre, c'était pour les polissons, les mal élevés, ceux qui rotent et plaisantent sans scrupule. Quelques vagues voisins répondaient à ces critères ; nous évitions de les côtoyer, en fait, on balisait mes fréquentations. La maison de mon enfance ne laissait rien entrer d'autre que les changements de lumière ou papa, ce qui revenait au même.

Je me suis toujours gardée de présenter Daniel, François ou les autres à maman ; je préférais me débrouiller avec le cœur qui palpite, les incendies que parfois on ne maîtrise pas, la tristesse des lettres d'amour, leur nécessaire tromperie, la noirceur bête entre les bras et la mer étale. Je me suis débrouillée avec mes questions de petite fille et mes tourments de femme. Puis peu à peu j'ai échappé à la tendresse pour épouser l'humeur de ma mère. Déjà fatiguée de vivre.

J'ai vieilli avec une idée précise de l'amour. La blessure de ma mère au centre de ses yeux.

Qui m'expliquera le mystère de nos eaux souterraines ? Filiations et alliances nocturnes. Manège.

Cependant, un jour j'en ai eu assez. Assez du manque. J'espérais rompre avec ces nombreux printemps pourris sous ma fenêtre, avec cette étendue bleue frangée de blanc et son odeur d'iode. Rompre avec ma sécheresse, ma vie de cendre, ma laideur, ce trop long temps sans révolte. J'avais terminé mes études secondaires depuis une vingtaine de mois et travaillais comme secrétaire à l'unique bureau d'avocats du coin. Ce n'était pas moi. Tant de choses dans ma vie ne voulaient rien dire.

Je rentrais avec docilité à la maison. Soir après soir. Ma mère tricotait des mailles. Elle et moi : deux oiseaux en cage au bord de l'asphyxie. Nous avions une façon d'être ensemble sans nous toucher. Affaires classées. Longtemps et sottement, j'ai cru que maman n'en souffrait pas. Mais pour tous, mourir est intolérable.

Un matin, je me suis poussée. Quand je pensais à moi, rachitique brin de vie, le cœur me serrait. Installée dans la douleur de ma mère, je m'étais efforcée de demeurer grise, j'avais renoncé à tout mystère depuis ce qui me semblait être une éternité.

Avec trois fois rien j'ai fait ma valise. Avant de la boucler, j'ai cherché le roman d'Alexandre Dumas, je voulais l'emporter, je me souvenais de l'avoir caché sous une pile de couvertures dans une commode de la chambre d'amis. Je le supposais illisible parce que, durant les jours qui avaient suivi le décès de papa, j'avais découpé, ligne par ligne, toutes les lettres de Lauretta, que j'avais collées sur chacune des pages du livre que j'avais pliées comme une pièce d'origami. Le livre faisait une grosse masse difforme, la vie de papa et de Lauretta enclose dans un roman d'Alexandre Dumas. Je n'ai jamais remis la main sur ces pages bricolées ; maman les a sans doute retrouvées, je n'ai jamais su ce qu'elle avait pensé de ce « trafiquage ». Peut-être avait-elle supposé que j'avais voulu la soustraire à une autre peine. Difficile de deviner. Nos cœurs sont si complexes ; cette évidence-là me semble le chemin le plus favorable pour l'amour, mais à l'époque je brûlais d'un autre sang, penchée sur un rêve très précis, j'avais juste été agacée de ne pas pouvoir glisser dans mes bagages ce singulier souvenir. J'y avais renoncé pour partir avec trois fois rien.

J'ai quitté la Gaspésie parce qu'on y entendait trop la terre souffrir, parce que l'espace et la brise ne gagnaient pas sur la douleur. Je suis partie pour de bon, comme nous disions chez nous, pour Montréal. Vers l'ouest, pour le bon côté des choses. Pour la fin de l'éternité, l'histoire inachevée, l'agitation des lieux, la multitude des rues où se perdre, la bigarrure humaine, les pigeons railleurs sur la place, la lumière, celle de l'église gravée dans ma mémoire, celle que j'allais me donner à moi-même. Au fond, j'étais poursuivie par l'idée que mon *véritable lieu d'origine se trouvait devant moi.*

J'avais vingt ans. C'était bien assez. Ma mère était suffisamment grande pour s'occuper d'elle ! J'avais le goût de changer de voie. À partir de quelques intuitions, changer.

J'étais inadaptée à la vie. Je ne le comprenais pas encore, mais cela constituait ma plus subtile façon d'y être secrètement et profondément attachée. Mon existence ? Je la débarrasserais de ce qui la faisait ployer. Remonter le cours des choses, relancer la beauté là où elle se terrait. Ce qui menace de nous tuer nous donne la manière de ressurgir.

Insolite, Montréal tout autour mêlait la mémoire à la poussière. Je me suis déniché un petit appartement, un trois et demi, majestueux ! Et j'ai ouvert la porte et les trois fenêtres qui transportaient jusqu'à moi les cris des enfants et des pigeons. Chaque vrombissement d'automobile résonnait comme une fête, je fermais les yeux et j'entendais le rire des bornes-fontaines. Sans tarder, dans l'ardeur d'un matin de juin, je me suis trouvé un boulot dans une imprimerie. Quelques mois plus tard, je m'inscrivais aux études, en arts et en secret ; il faut protéger ce qui donne du sens. Qu'importe s'il faut avancer à l'aveuglette.

Tu as vingt ans, tu sais que le destin des hommes est de

passer de l'autre côté du mur. Tu as vingt ans, assise dans le ventre d'un atelier, dans la pénombre, tu apprends à dessiner, à griffer le papier, à casser la pierre, à modeler des formes, tes mains arrachées au naufrage comme si tu respirais encore. Et tu respires !

Tu crées parce que tu es née nue et que la parole t'a manqué, parce que ton sang ne circulait plus, parce que tu as pensé, un jour, déposer les armes et rester du côté des décombres et du chagrin, là où durant trop d'années tu avais vu ta mère, douloureuse, se complaire. Tu crées pour anéantir cette lourde boule de malheur qui te collait aux mains, s'engluait à ta chair. Cette répétition parfaite. Tu te mets à la tâche pour rompre, pour dépayser tes habitudes, pour déposer autant de désordre que d'ordre dans ta vie, consciente que ce qui compte est d'empoigner tout ce que tu es, ce que tu connais de toi, mais aussi ce qui t'échappe et te dépasse. L'idée soudaine de te river à ce qu'il y a de chantant, de fou, de beau, de laid, de démesuré en toi. Ta part encore intacte.

Tout cela n'est qu'ébauche et vu que tu crains d'oublier, tu retournes tous les jours, acharnée, à l'atelier avec cette bande de fous, ces allumeurs de réverbères qui interrogent l'intensité et en font leur maître. C'est votre manière de vivre, de laisser quelques traces de ce qui ne cesse de s'essouffler et de vous fragiliser. Nécessité et luxe.

Tu as vingt ans, tu lacères la toile, tu modèles l'argile, tu déplaces les impasses, les états de clôture. C'est manière de vivre, ce n'est pas sagesse mais obsession, exigence pour qui ne trouve pas à se satisfaire de la vie courante et réclame une façon de débusquer l'intolérable. La mort sans doute. Tu bouges. Tu ignores si tu fuis l'existence ou si tu la fabriques. Tu t'es donné pour mission de te révéler, de t'établir où bourdonne la matière. Tu crées. Tu pries. Tu ratures ce dernier mot dans ton esprit, tellement à cette époque tu estimes concevoir des solutions inédites, et prier semble si dépassé, néanmoins tu essaies de dépouiller le paysage de sa frivolité, de son absence de sens, tu participes, crois-tu, à la création.

J'ai puisé dans le fleuve mes grandes eaux de naissance, là où reposait ma soif. Alchimiste, j'ai extrait mes fossiles, l'accablement de ma mère, ses gestes, leur poids, ses refus, ses vieux espoirs et tout ce qu'ils cachaient, j'ai capturé les yeux noirs de ma tante, son cœur dur comme un caillou, son chignon, son port de reine, son perfectionnisme, sa soif d'absolu, j'ai confisqué la voix de mon père, ses plus brillants rêves, ses impostures aussi, pour avancer entre les néons et la neige, entre la froidure, la joie et les chemins lavés de leurs infortunes. J'ai écouté mon inestimable rage, cette vieille fureur que j'avais toujours portée dans la gorge, dans ma démarche, dans ce tremblement que l'on sent encore parfois lorsqu'on me serre contre soi. Puis au fil des jours, j'ai rompu avec quelques évidences et certitudes, avec la forme parfaite surtout. Avec l'idée que la beauté devait être sans désastre.

Alors là, j'ai pu revenir en Gaspésie et ranger ma colère contre maman, ma colère de l'avoir vue attendre, jusqu'au chemin creux du cœur de mon père, alors que je n'étais encore qu'une enfant qui avait besoin d'elle et qui n'avait pas de mots pour le lui dire.

Pourtant, tu te souviens, tu dois avoir onze, douze, treize, quatorze ans, tu penses : « Elle va organiser autrement le cours défectueux des choses, elle ne baissera plus les bras, elle va taper du pied, lui hurler le fond de sa pensée, une fois qu'il sera là, lui rappeler que sa place est parmi sa famille. » Tu ne comprends pas de quoi il retourne, tu constates que ta mère se tient comme une punition, seule au milieu de ses jours, voilà tout. Irritée par sa mine accablée et ses observations insidieuses, des griffes te poussent. Tu pestes contre ces dizaines de chapelets qui, égrainées entre ses doigts, ne donnent rien, relégués telles les plaintes à leur insuffisance.

Une banale question de joie de vivre qui vous échappe.

Tu voudrais que ta mère cesse d'attendre, qu'elle t'offre la permission d'en faire autant. Ça ne fonctionne pas comme ça ; chez vous, des milliers de phrases se perdent avant d'être exposées à l'air libre.

La scène est là, immuable.

Repliée, raisonnable, ta mère patiente, les yeux braqués sur un téléphone qui devrait lui ramener la voix de celui qu'elle attend, les yeux braqués sur le portrait d'un homme dans le salon, sur un signe quelconque, enfin. Et toi, tu te demandes si ce cirque cessera, jusqu'au jour où le père meurt.

Et là, tu comprends qu'il n'y aura plus à espérer. Ta mère, sans avoir rien réclamé, attendra ce visage, les yeux rougis au bout d'une avenue noyée. Dès lors, tu écumes. Ça ne se laisse pas voir, c'est présent dans ta chair, ça se prépare pour plus tard, tu le sens bien, ça n'a pas encore de mots, toutefois le mal se devine au mystère de ta violence sourde imprimée sur ta mâchoire les jours où tu t'efforces de te montrer impeccable.

Tu observes ta mère, tu détestes sa maudite souffrance, l'histoire de Pénélope qui englue ta peau. Tu tires sur les cuticules autour de tes ongles. Mordre ne fait pas de bruit. En pensée, tu vois une mouche dans une toile d'araignée. Tu es cette mouche, cette mouche égarée qui va suffoquer.

Ta mère vaque à ses occupations. Ton père l'a trompée. Et ton père est mort. Ta mère tire sur les draps de son lit à elle avec opiniâtreté. Ton père vous a trahies. Tu rages, te débats, t'essouffles. Tu te crois obligée de tout réparer. Tu te penches sur le lit de ta mère, tires avec elle pour que les plis s'effacent. On t'a taillé les mains trop grandes.

Le soir, pour dormir, tu oublies un peu. Tu trouves le sommeil.

Il faut bien exister.

Puis un matin... Comment cela se met-il à bouger ? Tu sens que tu dois partir, un matin où ton âme pleine de larmes s'est remise à trembler, mangée, la nuit précédente, par un mauvais présage.

Tu boucles ta valise, sans fleurs et sans reproche. Tu pars.

Avec un peu de temps, qui sait, cela va peut-être changer. La répétition, je veux dire l'obscénité de cette répétition. Nos ratés du cœur, nos chansons qui traînent en longueur, nos bals masqués. La rancune. Pour que cela ne soit plus, pour que la musique, exactement. Tu te répètes, cela va changer.

Puis plus tard, tu reviens. Dans cette maison, dans ces pièces où tu as cru crever.

L'histoire des racines menée par une certaine exigence amoureuse.

Je souhaitais marcher bras dessus, bras dessous avec maman sur la plage, doucement m'éprendre du passage des eaux, entendre sa voix entre les vagues, écouter les rêves qu'elle avait tus, trouver deux mots qui à eux seuls sauvegarderaient toute la beauté. Les lui donner.

Maman avait fait tout ce qu'elle pouvait. Voilà.

Je désirais revoir la maison, les tiroirs, leur rangement obsessif et piégé, la vaisselle dans les armoires, les rideaux grenat qui endeuillaient les murs, les photos de famille. Sentir l'exact endroit où mon cœur s'était affaissé.

Une faim poussait mes pas. On a beau retourner la terre, y cracher sa fureur, on a beau avoir joué avec le vent et les fantômes, il arrive qu'on revienne bien malgré soi aux vieilles déroutes, à ses incapacités, aux colères, au dessin triste de l'enfance. La maison sans cheminée, le trou sur la page. Je ne m'étonne plus de certains rendez-vous obligés.

J'ai retrouvé maman assise dans son fauteuil, lui et elle un peu plus usés. Vêtue d'une robe bleue, elle m'attendait. Devant elle, un jeu de cartes à l'emblème de l'hôtel Clarendon. Un souvenir est monté qui rameutait la tendresse. Maman, moi. Elle disait : « Viens, Luce, on va faire notre patience », ce fameux *Solitaire* qu'on retrouve maintenant sur nos ordinateurs. Nous nous assoyions à la table de cuisine. Ça sentait la récréation. Les cartes tombaient avec un bruit sec, trois par trois. Je suivais chacun des gestes de maman, qui me laissait du temps pour que je réussisse toutes les associations, le deux rouge sur le trois noir, le dix noir sur le valet rouge. Nous pouvions nous proclamer victorieuses quand les quatre rois allaient rejoindre les dames tout en haut, au ciel précisait maman... Il arrivait qu'elle m'abandonne une minute pour s'affairer à d'autres tâches, j'en profitais, je trichais un peu, j'aimais gagner parce que ma mère riait, parce que soudain, sous la chaleur, nos éclats de glace fondaient. C'était un moment loin des yeux de ma tante, un moment à nous, le plus beau jour du monde. Nos vies se perdaient dans les cartes, ça nous rendait joyeuses.

Il suffit parfois d'être juste là. Mais nous avions pris l'habitude d'être ailleurs, d'espérer, d'imaginer qu'un jour enfin, peut-être.

Ma mère a mis toute sa fièvre et son intensité dans l'attente. Mon père l'avait su capable de cette passion. Je ne mesure plus trop bien si mon père revendiquait d'être aimé, attendu certes, il avait même eu l'impudeur de le réclamer.

Maman a placé toute sa fièvre et son intensité dans l'attente. J'ai retrouvé maman vêtue d'une robe bleue.

Ce jour-là, c'était moi l'évènement, celle pour qui l'on se prépare.

Fait curieux, je suis arrivée en retard à la maison. Je me rappelais l'époque où papa, qui s'engageait à nous retrouver à une heure précise, se pointait après plusieurs minutes et bien davantage. En décalage. Papa m'a appris l'heure. On n'oublie jamais nos premières découvertes, les anciens cailloux sous les semelles, nos indéfendables illusions. Cette toute première main qui nous a désertés. Le deuil commence là, au même endroit que l'amour.

Je me revois, fillette de cinq ans, mon père à mes pieds. Il me permettait en souriant de retirer de son poignet sa grosse montre en or. Cette élémentaire opération m'apparaissait fastidieuse, mais le mouvement rythmé des aiguilles me fascinait, et nous répétions en rigolant une ritournelle inventée pour la circonstance qui aujourd'hui, quand j'y songe, me semble éloquente. « Une tarte, c'est rond, pour être heureux, il faut la partager en deux et en quatre. En haut, en bas, au milieu, à gauche, à droite. Le temps, c'est long, pour être heureux, il faut le partager en deux et en quatre. En haut, en bas, au milieu, à gauche, à droite. »

La tête abandonnée sur les genoux des pères, les enfants apprivoisent le monde. Des lettres, des chiffres, des formules enchanteresses et une montagne de doutes que traduit la cire des crayons. J'ai appris le leurre en même temps que les nombres. J'ai dessiné, en couleur et en sombre, la mer avec ses marins engloutis, et pour habiter la terre j'ai fait chantonner les aiguilles d'une montre. Plus je les faisais tournoyer, plus le tic-tac s'accélérait, du moins c'était ma conviction. Papa expliquait : « Écoute, ma puce, écoute le son de ma montre, allez, fais tourner les aiguilles de plus en plus vite, le tic-tac va se détraquer. »

Admirer, se gaver des mots des autres, les laisser fondre en soi, c'est aussi ça le bonheur. La sécheresse menacerait tout s'il fallait refuser les mirages. Les histoires, on ne calcule pas où cela nous mène, il arrive qu'on préfère s'enfoncer aveuglément dans quelques récits à dormir debout, pourvu qu'ils tiennent au corps, au chaud, quitte à déchanter. Il est troublant que ce qui nous hante, nous blesse et nous tue nous rende plus vivant. Il faut écouter les êtres qui sifflent comme des serpents, présumer que cela est bon, il n'est guère impossible que, ce faisant, l'on fraie avec le diable, que, le frôlant, le cœur se lézarde, mais quel enchantement de côtoyer ces merveilleux parleurs qui déjouent le réel et le colorent avec autant d'élégance que de style !

Imaginer que maman a peut-être cru en quelque chose comme ça, il y a des lunes, me trouble.

Tout compte fait, c'est une question d'amour. On se trompe à ce jeu-là.

Il se tenait là debout avec la stature que lui conféraient son âge et son caractère. J'observais son souffle qui montait, descendait dans chacun de ses muscles lorsqu'il prenait la parole. Ses mots plus grands que nature nous arrachaient à l'insignifiance du quotidien et s'aventuraient dans notre chair telles des bêtes sauvages et libres. Il prenait des risques, abattait une à une nos croyances, affirmait que l'art était d'abord aventure, élan, que réfléchir devant une toile, c'était la blasphémer, qu'il fallait en finir avec l'analyse, la raison, l'exactitude et la peur. Les mots esprit, matière, espace, anti-forme, œuvre ouverte, expérience esthétique roulaient dans sa bouche, les uns attachés aux autres comme un geyser sonore. Il nous voulait devant nos travaux avec en poche notre dernière énergie, avec celle que nous avions trouvée au creux de l'impasse, abouchés à ce frêle souffle qui nous attendait là, au fond. Il exigeait de nous que nous cassions avec les normes et les modèles, refusait que nous mimions sans fantaisie la nature. Il nous fallait interpréter, déplacer les objets, chercher leurs failles et blessures, indiquer un ailleurs, errer, prendre notre source dans les puits taris, écouter le flottement et obliquer vers *le poème du monde,* vers un autre possible, pour nous abandonner et tomber amoureux de cet ajout collé au réel, de cette part de nous qui allait nous rendre plus humains.

Il récompensait nos écarts et notre intime manière de déposer notre fièvre au centre de notre ouvrage. Je plongeais dans la glaise froide, froide et chargée de formes à venir. Sans ménagement, il m'accusait de vouloir faire beau, moi qui aurais tant souhaité qu'il apprécie sans réserve ce que je tentais de livrer. Mes doigts exploraient, travaillaient la terre. Obsédée par la forme parfaite, la ligne, la courbe, je reproduisais des dizaines de pots symétriques. On aurait dit mes petits pains du temps des battures et de l'enfance. Il voyait ma volonté, mon tourment aussi. Je le pressentais à la façon qu'il avait de me regarder. Parfois j'allais et venais dans l'atelier, en salopette de jeans parmi les plâtres, les pièces de terre cuite et l'argile encore molle, lissant et peaufinant un rebord, un côté jusqu'à le rendre impeccable et alors il répétait, sur tous les tons et pour le profit de chacun d'entre nous, combien notre vulnérabilité indiquait la route à suivre. « Nous naissons tous d'une faille, il faut plonger. L'art est bonheur sans méfiance. » Infailliblement il choisissait cet instant-là pour me dévisager. Ses paupières cillaient. Ses yeux me faisaient souffrir tant ils dénonçaient ce qui me manquait ou, avec plus d'exactitude, tant ils trahissaient ce que je portais et qui m'effrayait. Je rageais de me sentir si nue. Volubile, fervent, Pierre continuait, tout à son rôle de professeur, de maître. Je l'épiais, j'adorais me tenir près de lui, malgré ma rage ou à cause d'elle. Je rêvais qu'il puisse estimer mon travail, je le souhaitais plus que tout parce que j'aimais cet homme. Le soir, une fois seule à mon appartement, les mots de Pierre continuaient de creuser un chemin en moi, ils me labouraient. J'aurais souhaité lui traduire les miens, leurs énigmes. Dans ma pensée s'installaient des couleurs, des formes et parmi ce foisonnement impie un vent fou qui tour à tour les inclinait et les unissait.

Tout ce qu'il fallait mettre, en somme, dans mes paumes le lendemain venu.

Un matin, très tôt, je me souviens, il nous attendait à l'atelier, nous, ses étudiants qu'il subjuguait. Nous l'avions surpris à peindre. Le visage transformé, il s'agitait, debout, en chute libre. Son corps chaloupait dans ses salopettes qui débordaient de guenilles fripées, maculées, où s'accumulaient, par endroits, des galettes rêches de peinture et de pierre. Nous nous taisions, impressionnés. Puis soudain une toux ou un bruit de talon, j'ai oublié, l'avait fait s'interrompre. On aurait dit un voleur pris en flagrant délit. Il s'était appuyé sur une chaise pivotante, arraché à sa tâche, les ailes brisées, chaos et faim confondus, encore habité par les bleus, les ocres et les hasards. Une main dans ses cheveux, il avait rejeté la nuque en arrière, mélange de rudesse et de désinvolture. Certains gestes s'insinuent en nous avec une puissance telle qu'ils se creusent une niche et n'en ressortent plus.

En se retournant il avait heurté ma table de travail, quatre pots, les derniers fabriqués, se sont effondrés au sol. En mille miettes. J'ai toujours supputé qu'il l'avait fait intentionnellement. J'ai fixé le plancher. Les larmes me sont montées aux yeux. Je percevais des éclats de terre sous mes chaussures. J'ai quitté l'atelier. Le lendemain lorsque j'y suis retournée, un bloc de marbre m'attendait. Le marbre, c'était pour les deuxième année, j'étais en première. J'ai jeté un œil en direction de celui qui me donnait la chance de montrer ce qui m'habitait. D'un coup, j'ai craint la puissance de son regard sur moi ou ma propre puissance.

Je me suis déchiré les mains sur cette pierre. Ce que j'ai découvert dans mon ventre était plus gros que moi.

Il ne m'a jamais félicitée, je ne l'ai jamais remercié, j'ai senti qu'il était fier de ce mariage de saillies et de trous mis au jour. Et moi, j'ai aimé cette forme imparfaite, la poésie de ce désastre.

Aujourd'hui, assise à deux pas du fleuve, devant toute cette eau qui engloutit la surface des choses, dans l'odeur salée du vent qui grignote la maison familiale, je ne saisis plus trop rien, ni de la beauté ni de l'amour ni du temps qui passe, comme si le doute ou la relativité avait gagné sur le déterminé et l'absolu. J'aurais souhaité vieillir avec des certitudes ; cesser de trembler à l'heure des choix, j'aurais souhaité sentir dans mes mains quelque chose de plus fiable que ce baroque magma de réel et d'imaginaire qui m'oblige à affronter la douleur de ne pas savoir.

Lorsque j'ai feuilleté, il y a quelques années, les albums de photos de maman, j'ai découvert une tante plus frêle et bien plus jolie que je ne me l'étais figurée ; en prime, son chignon, vu par moi enfant comme une structure gigantesque au sommet de sa tête, n'était que chevelure nouée avec dextérité. J'ai dû admettre que papa et ma tante se ressemblaient. Mon prince des contes de fées avait une sœur que j'avais crue sorcière alors que mon père s'apparentait à Jean Coutu, le bellâtre à la tignasse bouclée, le Survenant du roman télévisé qui fit claudiquer le cœur d'Angélina dans les années cinquante. Ma tante était donc une belle femme ! J'étais seule *responsable de mon invention d'elle.* Je scrutais une photographie de nous deux, assises, très droite, chacune sur notre chaise de bois, au centre de la galerie, à l'ombre. Mes nattes brunes traînaient sur mes cuisses. J'esquissais un sourire, fugitive grimace sur les lèvres. Une robe avec un large col blanc me dessinait un air de première communiante égarée ; en contrepartie, le costume chic de ma tante conférait du relief à ses yeux tout comme à ses lèvres généreusement ourlées que j'avais supposées minces parce que capricieuses. Ce que l'on peut inventer !

Pressé de se fabriquer une histoire, on combine des miettes d'anecdotes. Assemblages arbitraires. De temps à autre, quelques indices sur papier glacé les anéantissent. On aurait tort de négliger la vérité des instantanés.

Papa, qui affichait une admirable prestance sur toutes les photographies de promotion, se montrait, par contre, fluet, sobre et troublant aux côtés de sa mère alors qu'il était dans la jeune vingtaine. Je n'ai jamais connu mes grands-parents paternels, les deux sont décédés très tôt, l'un à la suite de l'autre – avant même que papa ne fasse la cour à maman. En réalité, il l'a demandée en mariage quelques mois après la mort de ses parents. Il avait vingt-quatre ans, maman vingt-huit. Jetant un œil sur l'album, ma mère, ce jour-là, m'a lancé : « Ton père était incapable de rester seul... »

À cette remarque, j'ai posé ma tête sur l'épaule de maman. Je ne l'ai pas regardée, j'ai senti la douceur de son épaule contre ma joue. Nous avons parlé de longues heures. Un mélange de phrases et d'exil. J'ai compris que maman au cours des ans avait envisagé bien des avenues, qui l'une après l'autre avaient conduite à la neige. Je le savais, mais entendre sa voix à elle traverser le froid jusqu'à moi, c'était autre chose.

J'ai appris, ce jour-là, à travers dates et anecdotes, qu'à la suite du décès de son père et de sa mère, ma tante avait quitté la région, impatiente de profiter des plaisirs de la métropole et de se rapprocher de son frère, l'autre, mon oncle, celui placé en très bas âge dans une institution, celui qu'on avait abandonné, celui qui, remontant à la mémoire des siens, arrachait les yeux au passage, ce frère pour qui on avait fui, loin, ici en Gaspésie, à la fin des années vingt. Ce frère à qui ma tante, une fois chez nous, continuait d'adresser des lettres sur papier vélin, composées samedi après samedi, et que mon père, devenu messager, portait à l'hôpital. Une pénible épopée familiale que papa ne m'avait jamais dévoilée, vu que ce n'était pas aussi séduisant que dans les rêves. Trop loin, sans doute, du faste et de l'envoûtement des opéras. Le frère de papa, son grand frère, avait été défiguré par le feu qu'un voisin, pour s'amuser, avait mis à une poubelle. Visage et corps dévorés, son cerveau incapable de se souvenir, de donner un sens à la souffrance, juste susceptible de remonter à l'infinitif mourir. Comment ne pas supposer qu'un seul de ses regards vous renversait ?

Il arrive que la laideur soit insupportable. L'a-t-on aliéné parce que respirer à proximité de cet être difforme et borgne semblait impossible ? A-t-on supposé qu'éloigné on finirait par oublier, niant du coup que les épreuves se tapissent d'abord et toujours dans un recoin du cerveau ?

Les murs glauques de l'hôpital, un gamin de sept ans, un gamin enseveli dans sa propre chair qui vacille sur ses jambes, bave en mangeant, urine au lit, une créature dans sa misère rugueuse dont la mémoire efface jusqu'à ce quelque chose qu'elle savait, qu'elle avait appris, mais qui s'était consumé comme ça au même instant que le feu. Des gestes avaient pris le chemin des pierres, des évènements telles des catastrophes s'étaient empilés contre un corps d'enfant. Une injustice. Les flammes. Puis des rubans de larmes dans l'esprit, peut-être, ou rien du tout. On ne comprend pas, on méconnaît tout ça, c'est comme essayer de capturer un nuage dans un atlas.

C'est un enfant dans la tempête. Et à propos des enfants dans la tempête, on ne trouve jamais de mots justes. Voilà pourquoi mon père s'est tu. Plus tard, en moi, j'ai fait à reculons le parcours pour, avec quelques scènes, tenter de saisir. Je ne cherchais pas la vérité – on vit toujours en tâtonnant –, mais demeurer ignorante m'épuisait. Parfois deux images ou deux mots, mêmes bricolés, rassurent.

Un enfant, le feu, l'autre enfant, mon père à côté, au temps des jeux et de la légèreté, lorsqu'on ne soupçonne rien des infirmités ni du corps ni du cœur, quand on spécule encore qu'on peut sauver le monde juste en le souhaitant. Le feu, la chaleur trop vive, les cris d'un frère. Arrêter le feu, arrêter le feu qui court, qui consume les vêtements, qui anéantit.

On ne pouvait pas incriminer le soleil ni les destins gravés dans les nues ni les gamins qui, en jouant, parfois commettent des bêtises, on ne pouvait pas non plus accuser cet autre enfant qui n'a pas su prendre dans ses bras ce frère, trop grand, lourd comme une tragédie.

Ce n'est pas la faute des enfants si Dieu s'écroule en bas des montagnes. Tout ça fait partie du désordre.

Tout s'était passé si vite. Moment fou.

La guerre ?

Même tapage, même agitation.

Même silence.

Même feu, même froid.

Et puis la fuite. Et ce si peu d'espace soudain.

La famille avait migré vers une autre ville, là où il y avait de l'eau, beaucoup d'eau pour déplacer le malheur. Mais les pierres s'ajoutent et les mains des enfants, sensibles au poids, éprouvent la gravité, ils ne le disent pas, mais perçoivent que la nuit s'ancre quelque part. Ils se taisent parce qu'ils pressentent que les adultes redoutent ce type de préoccupations. Les enfants :

ils évitent d'effrayer les adultes, alors, lorsque l'herbe autour d'eux s'agite et se tord, ils se construisent des cavernes, des châteaux de sable et d'eau ou des temples que leurs parents appellent jeux. C'est une jolie méprise. Toutefois ça remue la terre et doucement ça endort ou plus précisément ça arrache au vent et retient au-dessus du vide.

Avec la distance et les souvenirs égarés au fond de lui, papa a fait du bruit. Une insurrection de notes qui, plus tard, jetteraient de la poudre aux yeux. Une façon de nier. Cependant le froid sur nos vies, un jour ou l'autre, nous rattrape.

Maman m'avait raconté : ce frère, mon père, les lettres de ma tante que papa rapportait, semaine après semaine, aux religieuses, à l'hôpital. La rumeur suggérait qu'à la lecture des missives de ma tante, mon oncle souriait. Il se peut que secondé par ce ouï-dire mon père ait choisi d'ajouter un zeste de légèreté sur ces affligeantes séquences, histoire de se convaincre qu'il était bâti pour le bonheur, histoire de saboter ce chagrin qui, louchant du côté du vertige, menaçait de s'attarder et de ratatiner ses jours.

J'essaie encore d'imaginer mon père au chevet de son frère. À moins que papa n'ait confié la lecture des missives aux religieuses. Papa évitait les face-à-face, il fuyait, préférait s'effacer.

Mon héros : fragile.

Le bonheur est un carré de sucre qui se noie sur la langue.

J'ai, pour ma part, rendu visite au frère de mon père une fois, l'année dernière en fait, hors de l'institution, dans le troublant univers d'une famille d'accueil. J'avais besoin de comprendre, imaginer ne suffisait plus.

J'ai découvert un vieillard très laid, prostré sur une chaise, devant qui mon cœur battait à tout rompre. Me sont venus, en pensée, papa, sa beauté. Il n'avait pas subi l'épreuve du feu, ni malade ni vieux. Au fond, il ne l'aurait jamais supporté. Mon père n'avait pas joui de beaucoup de temps, pas même assez pour se muter en diabétique comme sa sœur et comme moi et ainsi se soumettre à l'amertume des prétendus biscuits au chocolat de ma tante. À l'envers de l'ombre, papa a marché.

Une étrange affaire que ce monde gouverné par des pendules et quelques coups de dés.

Face à cet oncle, je cherchais une manière de me comporter. Mais l'impuissance nous gagne quand nous tenir debout sur nos jambes, devant quelqu'un, tient de l'impudeur. Tu as cinquante et un ans, tu réclames un geste, un mot, quelques paroles courantes capables de masquer ta bêtise. Tu as cinquante et un ans et tu te trouves ridicule.

Mon oncle regardait sans broncher devant lui, sans rien discerner, stoïque dans cette chambre où flottait une vague odeur d'eucalyptus. À deux pas, son lit – draps crayeux, couverture beige, propre mais élimée. Pour tout décor, un calendrier géant et triste, une photo de montagne, de Vancouver, au-dessus d'une commode blanchâtre. Des pics de neige parmi un amoncellement de nuages. J'observais la scène comme un tableau, décontenancée par ce qui me dépassait. Récit impossible.

J'avais apporté des pâtisseries, l'air sentait le sacrifice et les pommes fanées, sans tarder j'avais déposé la boîte sur la commode. Ça dessinait une petite tache de couleur. J'aimais la regarder, échapper ainsi au frère de papa que je méconnaissais. Dans ma poitrine quelque chose s'affolait, s'épuisait sur mes lèvres. Nous sommes des grains de poussière. Je fouillais dans mes poches comme si avait pu y rester enfouies une agate, une coque intacte, une image exemplaire pour la quiétude ou la chance. Percevait-il mon trouble ? Un être dont on fuit le regard ne se sent pas aimé, ça doit se saisir même quand on est borgne. Toutefois, je soupçonnais que ces préoccupations s'étaient depuis longtemps endormies dans la conscience de cet homme. Les années l'avait figé ou la souffrance. C'était un visage embrumé d'absence, une forme grossière, imprécise, qui avait dû changer au fil des ans à cause de la fatigue, de la désolation, de l'ombre au fond de lui, mais qui avait survécu au sinistre. Un visage vide. Tu as cinquante et un ans, tu t'en veux de demeurer dans cette pièce, incapable de supporter ce drame, néanmoins voyeuse.

Les propos de Pierre, pourtant lointains, me revenaient en mémoire : « La beauté se tient là où réside le sens. » Cette formule jadis m'avait guidée ; à cet instant, le sens m'échappait. Je l'entendais me répéter que rien du monde n'est beau ou laid, que seul le regard en décide, que la peur peut l'anéantir et que le visage, si inaccoutumé soit-il, est splendeur parce qu'inoubliable, indéchiffrable. Aveuglée, je ne parvenais pas à tirer de ces arguments autre chose qu'un exercice rempli de bonnes intentions qui avait l'avantage de faire chic et de me faire croire en la sinistre beauté des ruines. J'allais partir, pressée de retrouver une atmosphère qui ne suffoque pas, une couleur réhabilitée par la lumière. À défaut de sens, un ordre.

Mes installations avec ce que j'ai toujours nommé leurs histoires blessées devenaient dans ces circonstances des formes brisées, triturées mais encore trop douceâtres pour transposer avec justesse nos pertes et nos tragédies. Il n'y aura jamais d'images assez fortes et à vrai dire nous avons tellement besoin de nous atteler au défi d'arranger le désordre. En somme, on peut tordre la matière, la distordre, la détourner, la transformer, la mettre en boîte, on peut montrer la nuit, les entrailles du monde et le verrouillage du ciel sollicité par la beauté qui nous tient à cœur, par l'idée de la perfection. J'aurais voulu que rien, ni de la souffrance ni de la laideur, ne m'agite ici.

Ce visage giflait.

J'aurais dû serrer contre moi cet oncle, ce frère de papa. Il était laid, il me rebutait. Parfois nos bras sont bêtes.

Je restais dans la chambre, invalide. Il y a des chambres qui font mal. Des visages aussi.

Ces traits-là, ces lèvres qui se tordaient, leur détresse gravée, ce nez qu'on avait recollé trop haut, misérablement petit, nez d'enfant, et ces yeux fous jamais revenus du drame me plongeaient dans l'inhabitable. Ce visage cireux dénonçait l'absurdité, il n'avait même pas le privilège du mystère, il était cru. Désastre figé.

Ma mère se tient immobile sur le perron, rendue au dur labeur d'habiter encore pour quelque temps ce monde. Le visage de ma mère n'est ni laid ni beau. Du temps empilé sur du temps. Une figure façonnée par l'existence, détournée du poli et de l'uniforme. L'histoire sur la feuille blanche. Une impression. Le visage ne sait rien dissimuler de nos trajectoires, rien taire des mystères et des peurs enfoncés dans chacun de nos traits, il converse. Chacun de nous devient cette pierre marquée, ce morceau de terre. La suite des jours efface l'innocence première. Vieillir est ce visage à découvert. Une indécence qui trahit le paradis perdu, qui clame l'âpreté de vivre. Si je détourne les yeux quand je croise un vieillard, c'est qu'une pudeur s'empare de moi. Je refuse de repérer les ruines d'un idéal, refuse de toucher sans permission au plus vif. Je fuis tout ce langage qui m'est donné à lire sans que je le réclame. Vieillir est pornographique. Lorsque je regarde ma mère, je m'afflige, je déteste surprendre les plis d'amertume aux commissures de ses lèvres. Elle n'était pas dupe, on le saisit toujours quand on est remplacé dans le cœur de quelqu'un. J'essaie d'imaginer à quoi peut maintenant ressembler Lauretta. Vit-elle ?

Maman est là, assise, sans révolte. Si pâle finalement. Elle a été jolie, un geste, un cillement de la paupière le laisse parfois paraître. Il y a une éternité que je n'ai pas mis ma tête contre son épaule. Nous ne nous sommes jamais vraiment touchées. Je l'aime. J'ignore quoi faire avec son âge, son souffle court et tous les objets de la maison qu'elle appelait jadis les choses à garder.

Maman est là, assise, sans révolte, n'a jamais su demander, du moins de la bonne manière. Les soupirs, la peine sont des voix limitées, c'est du son blême dont se désensibilisent les oreilles des autres. Souvent ce n'est rien. Nous sommes si distraits. Il se peut que l'indifférence triomphe.

Aussi esquiverons-nous telle femme, les mains croisées sur les genoux à la gare d'autobus, passerons à côté d'elle sans remarquer ni sa bouche déçue ni l'inquiétude en creux sur son front qui pourtant livre en clair ses rêves détournés. Et cet homme avec les ailes du nez étroites, le regard clos, caché derrière son masque, restera inaperçu alors que tout ce qui en lui se ferme, parle.

Qu'est-ce que je n'ai pas saisi de ma mère ?

Peut-être Camille s'est-elle montrée plus attentive que moi ? Camille, cette fille blonde comme les blés qui, à petits sauts d'ange, s'était immiscée dans notre vie, à maman et à moi.

Lorenzo, à la suite du décès de papa, s'était donné la mission, ni plus ni moins, de devenir un oncle. À chacun de mes anniversaires, il me téléphonait. Le jour de mes dix-huit ans, ledit oncle arriva sans crier gare à la maison, ce qui n'était pas dans les mœurs familiales. D'un naturel tonitruant et allègre, l'homme contrastait avec le calme plat des lieux. Maman n'affichait pas une sympathie très marquée envers le personnage ;

cependant en cette heure son tact inhabituel fit la différence, à moins que le charme fin de Camille, qu'accentuaient les brefs battements de ses cils, n'ait opéré sur-le-champ.

Lorenzo s'était converti au cirque. Impresario pour un clown, il bourlinguait de ville en ville en suggérant quelques mises en scène à son auguste qui dessinait avec pirouettes, cabrioles, fard de bazar et postiche bleu royal des étoiles dans les yeux des gamins. Le clown ne trottinait pas sur un fil et n'avalait guère de feu, orphelin mystifié, il tournait autour de la piste au roulement d'un tambour bigarré qu'il traînait à son cou.

Camille se déplaçait avec cette troupe de romanichels. Le soir venu, une fois le chapiteau installé, la fillette de treize ans vendait des t-shirts – sur lesquels elle plaquait, au fer chaud, des décalques de seins et de fesses ridicules jumelés à des sentences vulgaires – qu'elle marchandait avec des gens rustres, venus de villages obscurs, qui défilaient à son kiosque en s'extasiant sur la blondeur de Camille, son sourire et ses mamelons naissants. Chaque t-shirt lui rapportait treize cents ! Une fortune si l'on compte qu'elle parvenait à en vendre au plus six, sept chaque soir ! Qu'a cela ne tienne, rien ne semblait ronger le moral de cette fille blonde qui rigolait et badinait avec l'insouciance heureuse de celle que l'existence n'a pas encore heurtée ou qui, par un quelconque miracle, à su échapper au chagrin des simples mortels. Malgré notre différence d'âge, elle me plut illico.

Sans doute l'attrait pour le cirque, pour la fête foraine, pour ce travail entre l'art et l'attraction y fut-il pour quelque chose. L'insolite de ces jeux baroques, les funambules obsédés par la forme parfaite qui escortaient le néant, la fièvre des trapèzes, cette matière savante et du geste et du corps, les manèges, la grande roue, cette crucifiée, vive, rebelle, entre les mains du lanceur de couteaux et la peur partout palpable me remuaient. La peur et l'immoralité des lieux.

De place en place, en aveugle, des femmes bariolaient l'espace devant des yeux toxiques qui les dévoraient, des déesses-léopards, dessous de soie noire et seins moirés, éblouissaient. Chute possible dans ces criques obscures. Et au centre de ces baraques foraines, la troublante présence de la patronne de Camille ne manqua pas de m'impressionner.

Tu as bien eu quelques copains, comme ça, oui bien sûr, mais tu es encore une fille sage, une jeune fille de bonne famille, et tout à coup tu vois une femme étendue derrière de rudimentaires caisses de bois lever sa robe pour offrir ses jambes et son ventre à des hommes de passage. Au suivant ! Tu n'es pas tout à fait choquée, tu as connu quelques escapades, jeunes hommes beaux et désinvoltes, joies et petites blessures à la fois, cependant cette liberté, cette audace si apparente te rend toute drôle. Tu ne quittes pas des yeux ce corps renversé, tu fais semblant d'ignorer, mais la scène te happe, irrésistible. Tu as vaguement peur. Sans raison. On peut avoir peur sans raison. Pourtant, tu reviens, soir après soir, avec un mélange trouble de crainte et d'excitation. Camille se tient à deux pas, souriante devant un comptoir de pacotille et sa planche à repasser. Habituée, c'est probable. Et tu t'étonnes de cette légèreté, de ce calme évident planté, tu le supposes, en pleine poitrine. Tu demeures aux côtés de Camille, de cette fille qui sent la réglisse, qui négocie des maillots de coton et hausse les épaules devant les remarques désobligeantes de quelques grossiers acheteurs. Tu plies les t-shirts, tu te sens gauche, tu voudrais l'aider, elle n'a pas besoin de ton appui, mais tu aimes te tenir là. Quand tu la regardes, elle te fait penser à cette voisine de madame Brisebois. Tu attends le moment où elle va te demander : « Dis une couleur. » Tu aimerais lui répondre : rouge. Elle te plaît. Elle pourrait être ta sœur. Tu y penses, comptes sur tes doigts pour voir si c'est possible. Elle ne te ressemble pas. Lorsqu'elle aura un peu plus de seins et de hanches, elle ressemblera à Lauretta. Lauretta toujours à Montréal, Lauretta qui doit attendre Lorenzo qui fait un petit tour de la planète avec un clown. Drôle de cirque.

Maman appréciait Camille. Cela aurait pu se passer autrement. Je pense que maman aimait imaginer cette petite fille soupirant certains dimanches soirs, devant l'absence de sa mère, alors qu'une fois, de retour à Montréal, papa, à l'époque, accaparait la sémillante Lauretta. Maman affichait très souvent une forte sympathie pour la misère des autres. L'orgueil de comparaison.

Mais l'existence de Camille, ce n'était pas tout à fait ça. Camille accompagnait Lorenzo, Lauretta et papa pendant leur tour de chant. Sous le regard de cette toute petite fille, papa chantait et Lauretta, avec sa robe rouge, ses bas qui étincelaient et ses talons trop hauts, l'accompagnait au piano. Lorenzo, en coulisse, fermait les yeux sur cette complicité, particulière certes, mais lucrative. On ne chante jamais aussi bien que lorsque l'âme est retournée. Nul doute, Lorenzo estimait que la voix prend sa source dans ce qui crie en nous, dans la force qui nous habite et nous porte, dans son eau profonde !

La voix, son chant, ce vent qui tournoie au fond du puits avant de nous envahir et de laisser dans la conscience de mystérieuses empreintes. Papa interprétait Verdi, Mozart et Wagner comme seul un amoureux y parvient. Convocation mouvante, mouvement fabuleux qui ne pouvait que bouleverser le spectateur, l'ébranler et redonner à Lorenzo les bénéfices des heures qu'il dépensait à promouvoir ces deux-là qui formaient un duo visiblement heureux et délicieusement éperdu. Ce n'est pas pure spéculation que ce tableau, je tiens ces informations de Camille. Je me suis rattachée à ce fragment d'histoire qu'elle m'a raconté ; pourtant, lors de mon premier voyage à Montréal, j'ai bien dû assister à l'un des spectacles de papa ; je n'ai aucune image en moi. Je me fie au récit de Camille, sa chronique familiale dans laquelle se trouvaient deux papas.

Camille avait continué de nous rendre visite, parfois avec le cirque, ou pour le plaisir. Un bonheur de passage, liquide, qui allait nous échapper mais qui, l'espace de quelques jours, rendait la maison plus aérienne, comme si elle comptait moins de murs, plus de fenêtres. Et Camille jouait avec une telle aisance du piano ! Il n'avait plus surgi une note de cet instrument-là depuis la mort de papa. En l'écoutant, j'ai regretté de ne pas m'être appliquée davantage lorsque ma tante me donnait des leçons.

La joyeuse énergie de cette fille m'a poussée à déployer la mienne, du moins à me souvenir que j'avais dû, à une certaine période, respirer plus fort. La séduction opère ainsi. Je n'ai jamais rencontré un séducteur qui ne m'ait d'abord donné le goût d'épouser ce qu'il y avait de chantant en moi, même les plus fins prestidigitateurs qui trompaient mes errances m'ont soudée à mes inclinations.

Et Camille était lumineuse et Camille avait le cœur large et Camille parlait de Montréal avec les mots de mon père, avec ce mélange de fièvre et de folie douce. Alors j'ai plié bagage. Et maman est restée rivée à sa Gaspésie, dans sa terre natale. Isolée. Il y avait bien une de ses sœurs qui demeurait pas très loin, à Saint-Joachim-de-Tourelle, en fait ; cependant elles avaient l'habitude de ne pas se fréquenter, je présume que ce pli provenait de leur enfance. Il vient bien des choses de l'enfance. Maman était une femme seule. Elle avait dû trouver très navrant que je la quitte.

Ma mère, toujours sur la galerie, se berce, je ne vois plus son tricot, il a glissé de ses cuisses. Les heures ont filé, j'ai un peu froid. Demain, je conduirai maman au Centre d'accueil. Je suis venue pour la fin des choses.

Dans quelques jours, je roulerai en direction de Montréal, le boulot m'attend, une prochaine exposition. J'ai découpé des tas de journaux, j'en fais de petits paquets que je ficelle. Des milliers de paquets comme les dépouilles d'un siècle fou qui piégeraient colère et peine. C'est du papier charbon, on y touche, on est sale, pourtant tout le monde s'en fiche. Absurde, le monde. Je vais fabriquer des milliers de petits paquets, appel incantatoire, je vais en installer partout. Appel incantatoire.

Ma mère au Centre d'accueil sera à l'abri. « Avez-vous avalé votre pilule, madame Aubert. » Bien sûr. Maman a toujours avalé sa pilule. Il fallait de l'ordre, estimait-elle. Pour survivre, un peu d'amour et beaucoup d'ordre. L'inverse est fatal. Papa est mort du cœur. Logique. Emporté comme toujours par un courant plus fort que lui. Maman a survécu. La mort est logique. Intolérable mais logique.

La lumière change. Sur la galerie, l'image de ma mère devient forte. L'ombre dessine deux pans de noirceur de chaque côté.

On jurerait une figure prise entre deux tentures sur le point de se fermer. Je fixe le triangle exemplaire des yeux et de la bouche que même la vieillesse de ma mère n'a pas su ternir, la géométrie est parfaite quoique invraisemblable. Il suffirait de souffler un peu, rien qu'un peu, sur ce visage pour qu'il s'éteigne et chute, rendu à sa totale obscurité.

J'aurais voulu ne pas terminer sur ça, ne pas finir sur la tristesse et l'odeur du sang qui se glace, j'aurais souhaité, sur un air d'opéra comme dans les films, parler du sourire de ma mère, de la joie, des choses belles et vraies, des matins chauds dans la cuisine, d'un certain bonheur qui se serait installé, mais j'ai toujours été sensible à la lumière, j'ai toujours su quand elle se retirait.

Il vient un lieu où l'été s'échoue. Sur son départ, comme on disait à la maison, évanoui, tel un rêve. Dans la nuit venteuse, quelque chose s'attarde et fuit.

On voudrait retenir. On ne le peut pas.

Alors on fore un puits à travers la matière et les formes pour au bout du compte se tacher les mains d'encre noire.

J'ai découpé des tas de journaux, j'en fais de petits paquets que je ficelle, des milliers de petits paquets. Une fois chez moi, je vais en fabriquer d'autres, je vais en installer partout. J'y mettrai tout, la joie d'une enfant, son désarroi, le chant de mon père, ses fausses notes, les efforts et la fatigue de ma mère, la folie des poètes, la hauteur de leur voix, son énigme et sa nécessité, l'humanité qui rit, qui s'effondre, et ce temps qui fend l'homme, je vais essayer de tout y mettre. Je ne réussis jamais vraiment, je recommence, je ficelle des tas de papiers. Je vais y mettre cette dernière image.

L'image de ma mère entre deux pans noirs, une frange où l'ombre et le froid l'emportent.

La mer.

Le vent.

La solitude de ma mère,

de moi assise sur un tas de roches.

Les deux pans noirs rétrécissent son visage. Je vois une bande de chair et deux masses noires immobiles.

Il faudrait moins d'images qui courent dans mon crâne, moins de phrases pour dire jusqu'à quel point plus rien ne bouge depuis un long moment.

Ma mère n'a pas murmuré un mot en déjeunant ce matin. Il se peut qu'elle craigne d'être acculée pour toujours à la solitude. Étrange combien l'on redoute souvent ce qui est déjà arrivé.

Pour la distraire, je lui ai montré des photos de nous repérées en triant ses affaires, des clichés abandonnés dans un vieil album de cuir acajou. Ces pages noires, leurs photos dentelées que retenaient des coins blancs, les silhouettes démodées, les regards accrochés au vide mystérieux d'un instant, leurs chuchotis, joie et chagrin emmêlés, me capturaient tout entière. Je sentais maman absente, penchée sur une vision précise. Je songeais qu'elle avait déjà tout quitté. J'ai rangé les photos au fond d'une caisse; gênant ce ménage, cette insolite traversée dans le temps. On tient un monde à distance, loin de la vue des autres, on dissimule plein d'objets dans des cartons, on oublie presque la présence de ces talismans, puis un jour, on se surprend en train d'exhiber la totalité de nos souvenirs sans discrétion ni décence. Vieillir sape les inhibitions, lève le voile sur nos forces et nos faiblesses.

Demain, je pense accomplir quelque chose d'important.

Maman a conservé mes poupées, même les plus laides, j'étais convaincue qu'elle les avait cédées à une œuvre de charité. Hier, j'ai mis la main sur Carmen, celle aux cheveux coupés en balai, je l'ai retrouvée dans le lit de ma mère. La chambre de ma mère m'épuise.

Je voudrais. Je ne sais pas.

C'est comme déplacer des choses sans rien changer. Être aspiré par. En dépit de la confusion, chercher la maîtrise, nier que tôt ou tard le chaos reprendra ses droits.

J'ai plaqué mon nez contre la chevelure de Carmen, je cherchais une odeur de cirage à chaussures, même si cela paraissait improbable. Il y a si longtemps.

Pour se rendre à la cave chez nous, on empruntait un minable escalier de bois (ça n'a guère changé c'est toujours comme ça, en pire), toutes les marches semblaient rongées, sauf la dernière, réparée jadis par mon père qui, contrairement à ses habitudes, s'était risqué au jeu des clous, des scies et des marteaux. Maman et ma tante avaient réclamé une marche avec un couvercle pour y ranger les brosses et les cirages à chaussures (sans ma tante, maman si raisonnable n'aurait rien sollicité). Un jour, j'y ai enfermé ma poupée Carmen; papa arrivant à la hâte dans la cave, j'avais craint, honteuse, qu'il me surprenne avec ma catin en plastique. J'avais onze ans, papa m'appelait sa grande. J'ai oublié Carmen dans ce recoin de la cave; plusieurs mois plus tard, maman l'a sortie de son cercueil de bois. Elle puait le pétrole, le cirage à chaussures. La vie secrète a ses parfums.

On devrait partager ses souvenirs quand leurs odeurs nous bouleversent encore, car une fois désinvestis de cet embrun qui les entoure, les emblèmes du passé ne valent rien. Carmen ne sent plus le cirage à chaussures, sauf pour moi, et c'est pour cette raison que je l'aime. Pourquoi maman a-t-elle gardé mes poupées? Peut-être leurs senteurs lui rappelaient-elles sa fille?

Je suis toujours émue lorsque je pense que je suis la fille de ma mère. C'est moins banal qu'il n'y paraît.

J'ai froid, ma maman n'est pas couverte. A-t-elle, comme moi, pensé à papa aujourd'hui ou, et cela me paraît plus plausible, a-t-il, peu à peu, quitté sa mémoire, lasse qu'elle était de remâcher les mêmes histoires terreuses?

La mémoire de maman se moque de tout, elle oublie et n'en rajoute pas. C'est une mémoire qui n'amasse plus de petites pierres, qui ne retrouve plus son chemin. Une mémoire qui a dévoré les souvenirs, les êtres, la couleur des saisons, puis qui s'est arrêtée sans crier gare. Quand elle parle de papa, on est vendredi et il doit arriver. Il chante sur les scènes à Montréal, n'a jamais fréquenté d'autres femmes, il ne pourrait pas, il l'aime, le lui a révélé un jour entre les murs d'un noviciat. Quand elle parle de papa, elle a vingt-huit ans, l'âge où l'amour peut encore égarer, l'âge des croyances, des absolus. Elle a oublié sa colère, a perdu son regard flanqué de noir lorsque jadis je tentais de converser opéra avec elle. Elle a rejoint papa dans cette idée qu'il se faisait du monde. On ne peut pas se contenter toujours de la vérité, il faut de la beauté.

Mon père vivait dans un univers magique où les femmes, l'oreille et le cœur tendus, souriaient à toutes ses prouesses, où les femmes qui l'aimaient ne versaient pas de larmes même une fois abandonnées. Aucune grimace, ni heurt ni soupçon, jamais d'accident ou d'âme mutilée, jamais de frère non plus que le feu embrase devant soi. Que le bleu du ciel sans demi-teintes, gage d'un destin inébranlable, d'une bonne fortune protégée de tous les assauts.

Mais en vérité, avec ses vocalises et la musique, papa a engourdi l'irréparable enfance, ce jour maudit où il a vu son frère, à deux pas de lui, se faire dévorer par les flammes sans qu'à ce moment-là un seul son ne monte à ses lèvres. La musique détourne de ce qui menace d'émerger des impardonnables manques dans l'ordre du monde. Sacrifice sonore. En cela, elle est sacrée. Papa voulait reconquérir une joie toute neuve, sans bavure, se lever et dire : « Voilà, maintenant c'est le matin. » On ne pouvait pas parler de la nuit avec mon père. Il refusait de la regarder, il savait trop qu'elle existait, qu'un jour elle lui avait fouillé les os. Papa tenait à habiter dans un monde merveilleux. Papa était ce monde merveilleux.

Il calquait son existence sur l'opéra, sur sa fougue, son élan, ses palpitations, ses mensonges, ses écarts et sa démesure, sur l'image qu'il s'en faisait, sur l'interprétation qu'il réservait à cet oratorio, à ce langage complexe chargé de désirs qui, selon lui, pénétrait le corps tout entier et s'emparait de l'âme. Effets sublimes, merveilleuse souffrance qui feignait de brûler, d'avoir frôlé le pire, puis s'en libérait.

On meurt d'amour pour une femme ou un homme ou l'on se tue et, à la fin, on se relève pressé de saluer la foule qui en redemande. Fard, travestissement, sortilège et bonheur fou dans les cheveux. Tout était mis en place pour susciter l'émotion et exprimer les passions, tout procédait d'un retour à la tragédie antique, enchevêtrement de musique, de poésie, de danse. Déversement formel infini qui fascinait. Mon père avait du charisme, ses spectacles, avec leurs coups d'archet au travers du cœur et leurs débauches de signes, magnifiaient. Entendre, être touché à distance ; séduction païenne, énigmatique. Le réel débauché ! À l'opéra, papa devait déformer les faits et les représentations, triompher au jeu de la fascination.

On peut détester l'opéra parce que tout est dit et extraordinairement montré, par contre on peut trouver beau ce qui se déploie en silence sous ses enluminures, notre part d'ombre, nos errances et ces quelques plis là soudain dans notre histoire, preuves irréfutables que la beauté demanderait de la douleur, une singulière douleur qui se jouerait dans un contrepoint de malaises nommés et tus. Tout ce que papa cachait, y compris ses excès de désespérance – que j'ai mesurés trop tard –, se précipitait dans son chant. Une sorte de musique ajoutée. Qui montait de l'abîme, qui n'était pas nommée, mais s'élançait dans le souffle. Le trouble se tient à l'extrême limite du visible. Je n'ai jamais évalué avec exactitude la fascination que j'éprouve devant une envolée lyrique, devant ses atours, je ne prétends qu'une chose, papa savait s'y prendre. Douce tyrannie, troublante mécanique qui raflait son pari.

Ma mère et moi n'avons en aucun moment su nous protéger de la voix de papa. Nous entendions, à distance, nous nous sentions touchées. Ce n'était pas notre faute ; on n'est pas responsable de tout. Ce que nous écoutions ne connaissait ni paupières ni muraille, le son gagnait notre peau, la traversait. Ça m'a libérée quand j'ai découvert ces propos dans un beau et grand livre un jour. Papa chantait, même s'il partait au loin sa voix conditionnait notre vie. Et il revenait avec une kyrielle de mélodies, de mouvements et de tempos. Vulnérables parce qu'enchantées de le retrouver, nous nous abandonnions ; ainsi sa voix se frayait-elle un chemin au plus tendre de nous. Nous étions assujetties aux rythmes d'un homme qui nous régissait, nous organisait. Ouïr, obéir.

La voix humaine qui chante, creuse une caverne de chair et d'os, rivalise avec l'insensé, elle parle toutes les langues, et dès qu'elle se charge de traduire l'opéra, elle se meut en malin génie et piège ceux qui l'écoutent. En artiste, papa préférait la beauté à la vérité, il adorait faire croire. Nous avons cru. Papa estimait que la franchise était purement une question de style, une manière de porter le souffle et le regard. Frisson, émotion. Je t'aime. Trois notes, trois mots, posés là entre deux, trois personnages, avec le dessein de convaincre. Un soir de gloire, une vie recomposée, emportée par le charme, les artifices, la splendeur et son mal.

Papa, comète dans notre ciel gris, vivait pour l'opéra, pour cette minute où il s'envolait. Cet air, cette poussée, son corps et son âme délestés de la pesanteur. L'opéra et les battements du cœur de papa : une même contraction aussi involontaire qu'irrésistible. L'opéra lui allait comme une seconde peau. La démesure de Wagner surtout et encore davantage le rôle de Tristan. J'ai réécouté cette œuvre. Je comprends mieux les propos de Lorenzo lorsque, parlant de papa, il affirmait : il donnait tout. À l'opéra, il donna tout.

Et maman se prit à détester la musique. Le cœur brouillé, accords et désaccords, maman, en quête elle aussi de lumière, est retournée à la prière clandestine, aux bras de Dieu qui bercent, là où l'avait ravie son amoureux, des années auparavant. Qu'importait Wagner; pour ma mère, tout ça, c'était trop de bruit. Et qu'importe, mon père chantait au loin. Cette voix qui ne se préoccupait pas d'elle, c'était un peu la mort. L'opéra pour maman? Un épouvantail tintinnabulant, le rappel d'un homme dont le chant ne se rendait pas jusqu'à nous et qui chassait ailleurs. Sons invisibles qui la transperçaient et l'entraînaient dans le désir des choses inexistantes et senties pourtant comme possibles au-dedans d'elle. Un souffle qui faisait mal.

Si le talent musical de papa avait distrait et subjugué nombre de gens, il avait réussi, nous, sa petite famille, à nous méduser.

Difficile de décanter la beauté du trouble.

Ainsi le silence devint-il le seul refuge de maman. Peu à peu elle s'est coupée de son expression. La dérision de résister. Plus le temps fuyait, plus je la surprenais à chuchoter. Maintenant ses lèvres tremblent, ou ses mots, en fait ses lèvres remuent à peine et l'on peut se tromper une fois sur deux sur ce qu'elles racontent.

Si je veux la comprendre, je dois me pencher vers elle. M'approcher. C'est moins simple qu'il n'y paraît.

Vieillir est d'une extrême fragilité. J'ignore si je vais consentir à vivre si peu, un jour. Me voir ainsi. Me sentir dans mon asile de nuit.

Cela s'opère sans vacarme, au fur et à mesure que se chamaillent jours et crépuscules. On appelle ça vieillir. Quelque chose doucement s'éteint, le regard se déplace et l'on se replie, on cesse de se battre, d'imaginer qu'on peut dominer les mutations du jour et les rages du cœur. Le premier renoncement de ma mère fut, je pense, aux mots de papa; à leurs prouesses, à leur formidable cargaison de comédies. Ces promesses ont dû tapisser le fond de sa mémoire puis se perdre. La symphonie est demeurée inachevée.

La vie de papa n'a jamais été totalement vraie.

Dans les histoires vraies, les mains, les corps s'effritent, l'existence les abîme, les ravage. Qu'importe brillantines et pommades, il reste toujours quelques indices de nos blessures. Le soir toujours s'enroule autour des jours – révolte vaine. La nuit commence par un pli aux commissures des lèvres, inéluctablement, les os, la chair, accessoires en sursis, accusent les coups, ensuite abandonnent. Projetés dans l'angle perdu du monde, nous allons à découvert.

J'aurais voulu que, sur la peau de maman, ne se lisent pas ces creux donnés par la douleur, qu'une cure miraculeuse lui permette de se dresser comme une seule femme au-dessus de sa terrible fragilité. J'aurais voulu ne jamais avoir à entendre cette voix cassée, cette voix qui m'oblige à me pencher, à m'approcher de son histoire.

Comme quoi il n'est pas facile d'échapper à une certaine vérité, pas simple de mentir. Se soustraire au drame ? Impossible, il nous rattrape.

Je vais découper d'autres tas de journaux, j'en ferai de petits paquets bien ficelés, des milliers de petits paquets. Une fois chez moi, j'en installerai partout. J'y mettrai tout, la joie d'une enfant, son désarroi, le chant de mon père, ses fausses notes, la poussière sèche et fine sur ses partitions, les efforts et la fatigue de ma mère, la mienne, la figure de mon oncle, la folie des poètes, la hauteur de leur voix, son énigme et sa nécessité, nos savoirs fragiles, les sentes nocturnes, l'humanité qui rit, qui s'effondre, et ce temps qui fend l'homme et les débris laissés derrière, je vais essayer de tout y mettre. Je ne réussis jamais, je recommence, je ficelle des tas de papiers. Je vais y mettre cette dernière image.

Les fesses souillées de ma mère et ma peine infinie.

Il fait noir. Devant moi je ne distingue plus rien, ni de l'eau ni des rochers, seul un faible bruit me parle de ressac. Je dois rentrer à la maison, rentrer ma mère aussi. Il fait froid.

Elle va se suspendre à mon poignet. Je pourrais lui tenir la taille, l'empêcher de tomber.

Elle va se suspendre à mon poignet. Je pourrais retirer mon bras, juste un peu, un tout petit peu.

La chute d'un oiseau dans les marches d'escalier. La chute d'un beau grand cygne.

Demain j'irai au Centre d'accueil. Je suis venue pour la fin des choses. Maman va se suspendre à mon poignet. Je pourrais lui tenir la taille, l'empêcher de tomber.

Maman à mon poignet.

Retirer mon bras, un peu, un tout petit peu.

Je suis à deux pas d'elle sur la galerie. Ma mère glisse dans cette moitié du monde où plus rien ne bouge.

Elle me fixe de ses yeux froids, de son regard terriblement absent.

Ça dit qu'il n'y a personne,
pas même moi,
dont les décisions puissent changer le cours des choses.

Je vais découper d'autres tas de journaux, j'en ferai de petits paquets bien ficelés, des milliers de petits paquets. Une fois chez moi, j'en installerai partout. J'y mettrai tout, la joie d'une enfant, son désarroi, le chant de mon père, ses fausses notes, la poussière sèche et fine sur ses partitions, les efforts et la fatigue de ma mère, la mienne, la figure de mon oncle, la folie des poètes, la hauteur de leur voix, son énigme et sa nécessité, nos savoirs fragiles, les sentes nocturnes, le cœur, la foudre, les éclairs, nos lambeaux d'amour et de rancune, l'humanité qui rit, qui s'effondre, et ce temps qui fend l'homme et les débris laissés derrière, je vais essayer de tout y mettre. Je ne réussis jamais, je recommence, je ficelle des tas de papiers. Je vais y fixer cette dernière image.

Une petite maman dans la plus belle des robes bleues.

Mais ne nous parle plus à la fin
qu'en silence et en clarté
de la longue douce fastueuse
musique qui sourd de nos pores
et nous enveloppe d'un invisible feu –
Beauté.

Yves Préfontaine
Être – Aimer – Tuer

Remerciements

Les passages en italiques, dans ce roman, sont des auteurs suivants :

Paul Chanel Malenfant .... 38 et 40

Christine Richard 52

Christian Bobin 70

Jean-Pierre Girard .... 84 et 94

Madeleine Gagnon 92

Normand de Bellefeuille 116

Micheline Morisset souhaite aussi saluer le travail de l'artiste Paul-Émile Saulnier pour la source d'inspiration que constitua le motif des petits paquets de journaux ficelés.

Québec, Canada
2005